COLLECTION FOLIO

Ludmila Oulitskaïa

Les pauvres parents

Traduit du russe
par Bernard Kreise

Gallimard

Titre original :

BEDNYE RODSTVENNIKI

Ludmila Oulitskaïa vit à Moscou. Généticienne de formation, elle a écrit de nombreuses pièces de théâtre et des scénarios de films. Depuis les années quatre-vingt, elle se consacre exclusivement à la littérature. Son premier roman, *Sonietchka* (Folio n° 3071), a reçu le prix Médicis Étranger ex aequo en 1996.

Bronka

Comme aimait à le raconter par la suite Anna Markovna, Simka avait échoué dans cette maison de Moscou au cours d'une vague de peuplement d'avant-guerre. Un charretier l'avait déchargée — efflanquée, le nez long, ses bas tire-bouchonnés sur des jambes fluettes et de grosses bottines d'homme aux pieds — et il était reparti en hurlant des jurons. Simka avait accompagné son départ d'invectives appropriées en faisant tourner ses bras comme un moulin à vent et était restée plantée au milieu de la cour avec toute sa fortune qui consistait en un immense édredon multicolore, deux oreillers et la petite Bronka qui serrait contre sa poitrine le plus petit des deux oreillers, celui qui avait une taie rose et faisait penser à un cochon de lait mort.

Lorsqu'elle emménagea dans le cagibi contigu à la cuisine, ce qui contraria les autres locataires obligés de répartir dans leurs pièces les vieilleries qui s'y trouvaient, essentiellement des cuvettes et des bassines percées, elle n'inspira pas un grand amour à ses futurs voisins, les habitants d'une des bâtisses les plus vétustes d'une cour aux ramifications complexes.

Mais l'opération était menée par le gérant des immeubles, Kouzmitchev, un filou de manchot, dénonciateur par surcroît, et tous s'étaient tus. Quel intérêt Kouzmitchev avait-il à loger Simka dans le cagibi, personne n'avait pu le savoir, mais ce n'était sûrement pas pour sa beauté. Elle avait apparemment réussi à lui bourrer le crâne, ce en quoi elle était experte, comme on put s'en apercevoir.

Simka lava le sol de son cagibi avec la serpillière commune — la tenant dans ses mains noueuses avec la douceur et la fermeté d'une professionnelle — et, une fois le sol sec, elle y posa sur des journaux son édredon dodu, puis s'adressa à sa voisine, Maria Vassiliévna, pour lui poser une question essentielle :

« Dites-moi, Maria Vassiliévna, où habitent les intellectuels par ici ? »

Maria Vassiliévna, qui avait saisi de façon fulgurante cette question tortueuse, l'envoya directement chez Anna Markovna, et quelques minutes plus tard Simka était assise devant une nappe blanche, tenant une tasse bleu de Sèvres à filet d'or, tandis que la pauvre Anna Markovna, hochant d'un air pénétré de sympathie sa tête fringante aux boucles grises et faisant jaillir une étincelle bleue sur l'un ou l'autre de ses longs lobes d'oreilles, supputait ce qu'elle devait donner, et combien, à cette solliciteuse et comment se protéger, par la même occasion, des demandes quotidiennes de cette naïve impertinente.

Il s'établit entre elles une compréhension subtile et totale, car Simka, racontant ses mésaventures en partie imaginaires, évitait avec virtuosité les événements véritables, laissant un blanc ou les rayant de la biffure noire du censeur, tandis qu'Anna Markovna, pleine de tact, ne posait pas les questions qui auraient pu mettre en brèche la relative véracité de la narration. Une chose était incontestable : Simka, après avoir enterré son mari, avait fui cette Jérusalem «maison» qui s'étendait sur les rives de l'Amour, en dépit de tous les impedimenta placés par les autorités, les chefs et les forces célestes.

Quelques minutes plus tard, Simka emporta de chez Anna Markovna une petite dot qui comprenait tout le nécessaire, depuis un réchaud à pétrole jusqu'à un petit bouton de culotte. En même temps, on avait fait comprendre à Simka qu'en cas de nécessité elle pouvait demander de l'aide, mais qu'on n'avait pas l'intention de l'inviter à venir prendre le thé. Cela lui convenait parfaitement...

Quelque étrange que cela paraisse, elle s'intégra rapidement à la vie commune. La maison l'avait acceptée, appréciant sa langue bien pendue et sa façon à elle de faire des scènes avec son air débonnaire ou encore, au milieu des tiraillements de voisinage les plus cruciaux, d'éclater de rire en mettant ses bras autour de sa poitrine, dont l'endroit le plus saillant était un bréchet puissant et osseux, comme celui d'une vieille poule, et de secouer le nœud cornu de son fichu noué au-dessus du front.

Dans sa carrière également on observait sinon un essor du moins une progression : elle était femme de ménage comme auparavant, mais du bureau de l'administration des immeubles elle était passée d'abord à la direction des usines, puis, juste avant la guerre, on l'avait prise au Commissariat du peuple à la santé.

Elle était ardente et insatiable au travail, commençait sa journée à six heures du matin, dans les bureaux, puis courait chez elle pour donner à manger à sa fille, ensuite elle s'occupait du ménage des parties communes de près de la moitié des appartements de l'immeuble voisin, une maison bourgeoise construite au début du siècle où logeaient des cadres. Elle se démenait ainsi de cinq heures du matin jusque tard le soir, et elle ne vivait pas plus mal que les autres.

Le trait de caractère le plus surprenant de Simka était son incommensurable vanité. Elle vantait sa serpillière taillée dans de la toile de jute de première qualité. Quand, au printemps, elle suspendait son immense édredon pour l'aérer, elle se boursouflait de fierté comme si devant elle sur la corde se balançait, pour le moins, un manteau de zibeline ; elle portait aux nues son défunt mari, le meilleur des défunts. Elle considérait même la totale absence de dents dans sa propre bouche comme un fait des plus intéressants, digne sinon d'admiration du moins d'étonnement.

Le point essentiel qui l'élevait au-dessus du reste de l'humanité était sa fille Bronka qui grandissait mine de rien, couchée à plat ventre sur le rebord de la fenêtre du sous-sol à examiner douze mois sur douze les métamorphoses du lilas et les pantalons immuablement élimés des garçons qui couraient devant la fenêtre à la recherche d'un serin en bois envolé on ne sait où.

Bronka était vraiment un être particulier, venu d'ailleurs, avec une démarche aérienne de ballerine, une colonne vertébrale tendue comme la corde d'un arc et la tête renversée. Il n'y avait pas en elle la moindre trace de l'effronterie maternelle. Son regard était toujours dirigé au-dessus ou à côté. On était tout d'abord frappé par la somptuosité végétale de sa chevelure roussâtre, implantée bas sur le front, qui mettait sa figure entre de délicates parenthèses, et ce n'est qu'ensuite, en l'observant avec une particulière attention, qu'on décelait le reste de sa beauté faite de petites irrégularités : ses dents de devant d'une blancheur transparente, qui avançaient à peine, sa lèvre supérieure légèrement retroussée et ses yeux jaune clair si grands qu'ils semblaient manger la racine du nez et s'étirer jusqu'aux tempes. À tout cela s'ajoutait une expression de charme ensommeillé, comme si elle venait de se réveiller et essayait de se souvenir d'un rêve qui lui échappait.

Sur la photo de classe de l'année quarante-sept, Bronka, alors âgée de douze ans, ne regarde pas l'objectif. Elle s'est détournée : on ne voit qu'une partie de sa joue et le gros saucisson de sa natte enroulée au-dessus de l'oreille.

On a déjà introduit l'enseignement séparé pour les filles et les garçons, mais les uniformes ne sont pas encore réglementés. Les élèves sont habillés de toutes les façons ; cependant, un regard avisé déterminera une particularité commune : tous portent des habits rapiécés, faits de bric et de broc, et retournés.

Il y a d'ailleurs deux fillettes qui portent des tabliers à la mode de l'ancien régime. C'est Bronka et la petite-fille d'Anna Markovna, fidèle jusqu'à la tombe à l'image du monde qu'elle a reçue au lycée avant la révolution, digne d'un respect profond, certes, mais désormais caduc. Irotchka, conformément aux idéaux de sa grand-mère, est vêtue d'une robe sombre munie d'un petit col blanc qui préfigure le futur uniforme ; Bronka porte un gilet de laine et des manchons de lustrine. Tous les enfants sont petits, mal nourris ; il n'y a pas de gros. C'est plus tard que l'on connaîtra les dérèglements du métabolisme, en des temps plus repus, sans cartes d'alimentation. Bronka se tient légèrement de côté et on remarque sous son tablier des rotondités parfaitement notables.

Deux ans plus tard, en troisième, Bronka était honteusement retirée de l'école, alors qu'elle en était quasiment à son dernier mois de grossesse. C'est ridicule, mais la grossesse de Bronka fut remarquée pour la première fois par son professeur principal, Klavdia Dmitriévna, une vieille fille qui avait un peigne noir et rond fiché sur le dessus du crâne, bien avant cette délurée de Simka.

On la convoqua à l'école pour l'informer de la situation.

Simka fit des investigations et se rendit à l'évidence.

Ses glapissements et ses hurlements abasourdirent le Village des Chats, comme on appelait poétiquement la maison, qui en avait pourtant entendu d'autres. La bande-son de l'action qui se déroulait dans le cagibi de Simka comprenait, hormis des malédictions en un russe accessible à tous et en yiddish peu compréhensible, toutes les vocalises possibles et imaginables sur « a-a », « o-o » et « ou-ou », des cliquetis de verre et des fracas de vaisselle métallique, ainsi que des grincements de meubles et des claquements de gifles.

Il faut dire, pour être juste, que Bronka n'émettait pas le moindre son, ce qui finit par inquiéter tellement les voisins qu'ils firent tous irruption de front dans le cagibi, arrosèrent d'eau Simka, emmenèrent Bronka toute pâle et complètement évanouie, puis, l'un après l'autre et en chœur, ils se mirent à suggérer à Simka que c'étaient les choses de la vie, que cela arrivait à tout le monde et qu'il ne fallait pas se faire de bile pour autant.

Anna Markovna, qui s'était rendue à la fameuse réunion de parents où les débats avaient été si houleux, remplaçant avec dévouement sa fille, une femme à la santé fragile qui avait la nausée rien qu'en s'approchant de l'école, avait répondu sèchement à la question de sa petite-fille Irotchka au sujet de Bronka : cette dernière allait avoir un enfant et elle n'irait plus à l'école. Ce disant, Anna Markovna pinça les lèvres de telle façon qu'il fut clair pour tout le monde qu'aucun détail croustillant de la biographie de Bronka ne serait communiqué.

Bronka mena sa grossesse jusqu'à son terme sans sortir du cagibi, mais, après la naissance de l'enfant, elle promenait le bébé comme si de rien n'était. Elle restait dans le petit jardin, juste à gauche du perron, son enfant dans les bras, et sa promenade durait exactement une heure et demie.

Dans les premiers temps, les garçons de la cour essayèrent de lui exprimer leur avis sur ce qui s'était passé et lui firent également diverses propositions relatives à la visite du grenier ou d'une remise, mais Bronka levait vers eux ses yeux transparents, souriait sans vergogne d'un air condescendant et ne les gratifiait jamais d'une réponse. Auparavant aussi elle était silencieuse, peu communicative et indépendante à sa façon ; mais maintenant elle avait quasiment cessé de parler, même à sa mère.

Pour Simka c'était une souffrance supplémentaire. Elle tourmenta longuement sa fille pour savoir qui l'avait nantie d'une descendance. En son for intérieur, elle caressait la version terriblement rassurante du viol. Mais Bronka se taisait comme un roc sans manifester la moindre confusion. Cela mettait Simka complètement hors d'elle, mais rien ne pouvait faire chanceler ce calme un peu simplet de Bronka. Sans doute pouvait-on qualifier d'heureuse l'expression de son visage.

La naissance de l'enfant, avec le secret bien gardé du nom du père, n'avait aucunement brisé la vanité de Simka. Le garçon, que l'on avait appelé Iourotchka, tenait d'un autre sang — noiraud, avec des yeux gris — et Simka admirait la charmante régularité de ses traits, les examinant sans cesse dans l'espoir de découvrir une ressemblance. Avec qui ? On ne sait...

La conduite de Bronka, aussi bien avant la naissance de l'enfant qu'après, était irréprochable. Elle ne vagabondait pas plus qu'avant dans les porches et les greniers, n'allait pas retrouver dans les pigeonniers des jeunes gens lestes coiffés d'une casquette dont la visière était tournée sur la nuque. Maintenant que le bébé était là, elle filait de sa démarche de ballerine au magasin, quand sa mère l'envoyait chercher quelque chose, et revenait au pas de course, de peur de laisser son bébé sans sa surveillance personnelle une minute de trop. Le soir elle restait en général dans sa cellule, sur son lit, et si elle ne le nourrissait pas, elle admirait tout simplement son fils endormi.

Simka, parfois prise d'une sympathie fantasque pour la solitude de sa fille, voulait qu'elle sorte de la maison : elle n'avait qu'à se faire inviter, quoi, aller chez ses copines ! Mais Bronka haussait les épaules et refusait. Ses camarades d'école, celles de la classe de troisième qu'elle fréquentait peu de temps auparavant, tournaient dans sa direction des yeux ronds de terreur et ne souhaitaient absolument pas maintenir des relations avec elle. Seule l'intrépide Irotchka était allée voir Bronka qui promenait son enfant et lui avait demandé la permission de le regarder. Bronka avait écarté le drap du visage de son fils, et son ancienne camarade de classe s'était exclamée :

« Ah oui alors ! Qu'est-ce qu'il est mignon ! »

Et elle était repartie en pensant confusément que malgré toute la honte effarante d'un tel événement, ce gamin était fort sympathique et que Bronka appartenait désormais à un monde plus sérieux que celui où se trouvaient les cas de similitude des triangles, les élections au comité des élèves et le saut de mouton. Malgré ses quatorze ans, compte tenu de la frénésie générale de cette époque, Irotchka n'était pas une fille bête, bien qu'il fût totalement hors de question pour elle de se lier d'amitié avec Bronka.

Alors que le petit Iourotchka se mettait à marcher et à gazouiller « mémé » et « maman », on découvrit que Bronka était de nouveau bel et bien enceinte. Cette fois, Simka ne fit pas de scène, mais elle effectua une enquête sévère. Elle s'abaissa au point d'interroger Maria Vassiliévna pour savoir si quelqu'un ne venait pas voir Bronka quand elle, Simka, était au travail. Les voisines, ayant considéré et condamné sans appel la conduite de Bronka lors d'une assemblée de cuisine, reconnurent toutes unanimement que Bronka n'amenait pas de bonshommes chez elle. Du moins, personne ne l'avait prise sur le fait. Elle se conduisait de plus si tranquillement et modestement, écoutait d'un air si obéissant et indifférent toutes les paroles qui lui étaient adressées que les voisines ne voyaient aucun intérêt à la fréquenter. Sans doute la plaignait-on, même.

Quoi qu'il en soit, le deuxième garçon naquit, exactement semblable au premier, noiraud lui aussi, brun, aux yeux ronds et gris. Au lieu de s'arracher les cheveux, Bronka était parfaitement heureuse, elle jouait avec ses enfants comme une jeune chatte avec ses chatons, nourrissait le plus jeune au sein, qu'elle ne refusait pas à l'aîné parfois. Il était dégourdi et quand il avait tété après son jeune frère tout le lait qui restait, il disait «merci».

Dès la naissance de son petit frère, Iourotchka fut pris d'un sentiment très tendre à son égard, qui ne diminua aucunement avec les années. Les enfants étaient souriants, affectueux, les voisins les aimaient et les gâtaient avec ce qu'ils pouvaient, plaignant Simka et cette petite idiote de Bronka. Certains leur donnaient un gâteau, d'autres un biscuit.

Viktor Pétrovitch Popov, le vieux photographe à la retraite qui vivait seul dans la plus grande pièce de l'appartement — elle faisait dix-huit mètres carrés —, les laissait parfois jouer chez lui. Ils se mettaient par terre, sur un tapis rouge à petits motifs, et il leur découpait des animaux et des bicyclettes dans du papier noir...

Et Bronka tomba de nouveau enceinte. L'âme juive de Simka, trempée dans les brasiers et les eaux millénaires de la diaspora, sans compter sa double expérience de l'exil, ne supportait pas cette calamité : chaque année sa fille lui apportait un enfant alors qu'on ne voyait pas le moindre bonhomme. C'était au-dessus de ses forces. Elle se mit à boire.

On était tellement à l'étroit dans le cagibi que Simka et les deux enfants dormaient sur le fameux édredon, et on avait mis un lit de camp pour Bronka dans la cuisine, près de la porte du cagibi, et c'est là qu'elle dormait, un pied attaché à une ficelle que Simka, qui de sa vie n'avait lu Boccace, tenait d'une main ferme. La troisième grossesse de Bronka, que tout le monde avait déjà remarquée, n'avait pas diminué la vigilance dérisoire de sa mère.

Le troisième garçon naquit pour l'anniversaire de Bronka, le jour de ses dix-sept ans. À la différence de ses frères aînés, il était chétif et pleurnichard. Jusqu'à un an Bronka ne le lâcha pas de ses bras. Il remuait gauchement ses petites mains, faisait des grimaces offusquées, et Simka l'adorait de toute son âme.

Les aînés, Iourka et Michka, s'agitaient du matin au soir dans la cuisine jusqu'au jour où la vieille Krotova versa une casserole de soupe brûlante sur la tête de Michka. Dès lors, Bronka leur interdit d'aller dans la cuisine et, s'il faisait mauvais, ils restaient chez le vieux Popov qui leur découpait tout un univers dans du papier noir qu'il peuplait de bêtes sauvages, monstrueuses et mystérieuses ; il leur lisait des contes d'Andersen dans de mauvaises traductions et jamais il ne manifestait ni fatigue ni irritation.

Le petit dernier prenait peu à peu des forces bien qu'il se fût mis à marcher tardivement, au bout d'un an et demi, et qu'il eût eu du retard dans sa croissance. Bronka s'occupait de lui plus que des aînés, mais les soucis accrus qu'elle avait pour ses enfants ne l'empêchèrent pas d'être engrossée dans les délais habituels. Les voisins ne s'étonnaient plus d'une telle aptitude à procréer. Simka voyait la venue d'un petit-fils de plus comme une chose aussi inéluctable que le changement de saison.

Le dernier fils de Bronka, Sachka, était fait sur le même modèle, brun aux yeux gris. Il était né peu avant la mort du vieux photographe, et le jour même de l'enterrement, Simka, Bronka et les quatre enfants, après un bref repas funéraire et une énorme scène qui avait éclaté à la cuisine à propos de ce déménagement illicite, avaient pris possession de l'ancienne chambre de Popov pour s'y installer royalement.

Dès le premier soir, Simka, qui était éméchée, criait dans la cuisine contre Bronka qui lavait sous le robinet les biberons — elle n'avait pas de lait pour le quatrième.

« Tu es une traînée, Bronka, une vraie traînée ! Depuis ma jeunesse, je suis seule : c'est à cause de toi que je suis restée seule ! Tu crois que je n'aurais pas pu me remarier ? Accouche, vas-y, ne te gêne pas ! Dans nos dix-huit mètres carrés, des petits pois de ce genre, on peut en mettre autant qu'on veut ! » et elle pleurait en essuyant les larmes sur ses joues. Bronka frissonna, les biberons cliquetèrent contre l'évier métallique. Elle leva les bras, se renversa et tomba de tout son long sur le sol en ciment.

Bronka finit par se calmer. Le plus jeune eut un an, puis trois et Iourotchka alla à l'école, celle dont on l'avait jadis chassé avec sa mère. L'école n'était plus réservée aux filles, mais elle était mixte. Les filles portaient un uniforme d'écolière, les garçons avaient la tête rasée et seuls certains d'entre eux, représentants de la bohème ou des libres-penseurs, qui s'étaient donné pour destin dès leur plus tendre enfance de s'opposer à la société, arboraient un toupet aussi transparent que la queue d'un poisson. Iourotchka avait les maîtres que sa bonne à rien de mère avait eus quelques années plus tôt et qui ne lui avaient rien appris.

Bronka alla travailler comme femme de ménage à la boulangerie. Celle-ci avait un fournil et, en dehors de son salaire, on lui donnait autant de pain qu'elle en voulait ; ses quatre enfants grandissaient grâce à ce supplément, tous pareils, grands et robustes. Même le chétif Grichka avait rattrapé ses frères, et ils se ressemblaient comme les enfants du même père.

Dans la cour, parmi les gamins de leur âge, ils jouaient le premier rôle : et comment aurait-on pu s'opposer à leur phalanstère fraternel ! De temps en temps, le vasistas s'ouvrait et Simka criait de sa voix éraillée :

« Iourka, Michka, Grichka, Sachka à la maison ! »

Il y avait une musique comique dans cette injonction gutturale. La vanité de Simka trouvait maintenant matière dans ces garçons exceptionnels, si réussis et si bourrés de talent — « Grâce à Dieu ! » — et si intelligents — « Ah, mon Dieu ! » — et robustes — « Je touche du bois ! »

Puis ce furent des temps nouveaux. On avait même l'impression qu'ils avaient commencé au Village des Chats. Des bruits coururent sur sa prochaine démolition. Simka, la roublarde Simka, avait trouvé à temps un travail de femme de ménage au comité de district. Une commission avait mesuré sa pièce et on avait découvert qu'elle ne faisait pas dix-huit mètres carrés, mais dix-sept mètres et huit décimètres, et qu'il y avait donc moins de trois mètres carrés par habitant : par conséquent, ils furent les premiers à obtenir un appartement de trois pièces, avant que tout le monde ne fût expulsé.

Personne ne le crut jusqu'à ce que Simka emmenât ses voisins à la rue Viatskaïa, derrière la gare Savélovski, où l'on pouvait aller directement en tramway depuis la rue Novoslobodskaïa, et qu'elle leur eût montré cet appartement qui avait même une salle de bains.

Dans les premiers temps, les garçons de Bronka venaient souvent dans la vieille cour, puis ils s'habituèrent à la nouvelle maison. Et l'ancienne avait commencé à changer : on avait rasé les constructions vétustes, les remises pour le bois de chauffage et les pigeonniers ; les habitants s'étaient dispersés. Les dernières traces de cette Moscou provinciale disparaissaient, avec ses cours non pavées, ses cordes à linge tendues entre de vieux peupliers et ses splendides palissades de canisses ornées de boules dorées...

*

Irina Mikhaïlovna, une femme replète qui n'était plus de première jeunesse — elle avait des boucles argentées et deux étincelles bleues de diamants sur ses longs lobes d'oreilles —, s'était trompée d'heure. Elle devait retrouver son mari, Serguéï Ivanovitch, à sept heures sur la place Maïakovski, mais la réunion des professeurs de son département avait été reportée et elle avait au moins deux heures à attendre. Il n'était pas pratique de revenir chez elle dans la mesure où son mari et elle devaient se rendre à une invitation à l'autre bout de Moscou.

Elle était arrivée sur la place bien avant l'heure dite avec l'intention de passer au magasin

Malych pour acheter quelque chose à son petit-fils, mais le magasin était fermé pour transformations et elle était toute désemparée en se trouvant devant un laps de temps libre, non planifié et non minuté à l'avance. Elle jeta de nouveau alentour un regard qui ne se fixait nulle part, et elle aperçut ce que trente ans durant elle n'avait pas remarqué : peu à peu, progressivement, la place avait changé; il restait peu de maisons des années d'avant-guerre, à l'époque où elle courait vers la statue pour retrouver Sérioja. Et comme l'automne cendré était beau! Sans lumière excessive et sans pluies précoces non plus.

Irina Mikhaïlovna se retrouva d'une humeur élégiaque qui ne lui était pas naturelle. Elle n'avait pas à se presser, et c'était très bien.

Elle acheta, on ne sait pourquoi, un bouquet de petits asters multicolores, sourit en constatant son joyeux manque de goût, puis elle se dirigea vers le kiosque de la philharmonie où l'on vendait des billets et se mit à regarder distraitement la grande liste qui énumérait les abonnements.

La femme qui était assise dans le kiosque tendit le cou et examina avec un intérêt appuyé Irina Mikhaïlovna elle-même et, après l'avoir bien examinée, elle s'exclama :

«Irotchka! Ma petite Irotchka!»

Irina Mikhaïlovna dévisagea cette femme et

son cœur se serra : ce visage lui était si proche, si douloureusement familier, comme si elle l'avait appris autrefois par cœur. L'accolade du front, le petit nez étroit, la fine racine du nez et les yeux qui s'étiraient jusqu'aux tempes, à l'égyptienne, visage inoubliable et oublié, tel un rêve maintes fois répété... dans l'enfance... dans l'enfance... Encore un effort de mémoire, encore un plongeon vers ces profondeurs secrètes.

« Tu ne me reconnais pas ? dit la femme avec un sourire implorant, et une fossette rectiligne se dessina sur sa joue. Tu ne me reconnais vraiment pas ?

— Mon Dieu, Bronka ! dit Irina Mikhaïlovna, surprise, alors qu'elle énumérait mentalement les membres les plus lointains de sa famille paternelle.

— Irotchka, c'est moi ! C'est moi, Bronka ! » Et sa joie était telle qu'Irina Mikhaïlovna en fut même confuse. Bronka, elle, clignait des yeux et était au bord des larmes. Elle ferma le guichet et sortit du kiosque.

« Attends, attends, je t'en supplie ! dit-elle précipitamment. Tu n'es pas pressée, hein ? » demanda-t-elle, avec de l'espoir dans la voix. Sortie du kiosque, elle était aussi petite et maigrichonne que lorsqu'elle était une enfant.

Elle enlaça Irina et se blottit contre elle en bafouillant à travers des larmes promptes à jaillir :

« Irotchka ! Ma petite Irotchka ! Comme je suis contente de t'avoir retrouvée ! Tu étais ma seule amie, je n'en avais pas d'autres... Si tu savais ce que tu signifiais pour moi quand nous étions petites... Ma seule amie... Je me souviens, oui je me souviens du jour où tu m'as demandé de te montrer Iourotchka. Et ta grand-mère... Elle nous aidait... Irotchka, mais quelle joie !... » Bronka essuya une larme sur sa joue.

Irina Mikhaïlovna était légèrement inquiète : le caractère imprévu de ces retrouvailles, la légère émotion face à ce contact avec l'enfance étaient passés, alors que Bronka, à en juger par son débit hystérique et exalté, n'était pas vraiment dans son assiette. Ce fut du moins l'impression d'Irina, une femme réservée, peu encline à manifester ses émotions.

« Viens chez moi, ce n'est pas loin, juste à côté, à trois minutes d'ici », lui proposa Bronka d'un air implorant.

Irina regarda sa montre : elle avait deux heures devant elle. « J'ai une quarantaine de minutes : nous sommes convenus avec mon mari de nous retrouver ici », répondit Irina alors que Bronka fourrait déjà dans une grande sacoche en cuir les liasses de billets de concert et fermait le kiosque à clé.

Ce n'est qu'à cet instant qu'Irina Mikhaïlovna remarqua que Bronka semblait incroyablement jeune et qu'elle portait un costume en cuir vert glacé qu'on ne trouvait pas à tous les coins de rue.

« Allez, viens ! dit Bronka en tarabustant Irina, et elle l'entraînait déjà à travers la rue. C'est juste à côté. Et maman ! comme elle sera contente... » Et Bronka redit qu'Irina avait été son unique amie durant toute sa terrible, son insupportable enfance...

« Et ta maman est toujours là, tu te rends compte... Quel âge ça lui fait ? demanda Irina, surprise.

— Quatre-vingt-quatre ans. Elle a eu une attaque : elle marche avec une canne et fait des scènes. Tout n'est pas en place dans sa mémoire, bien sûr, elle oublie ce qui s'est passé la veille... Mais elle se souvient bien du passé. Pas plus mal que moi », dit Bronka avec une nuance de tristesse intelligente.

Elles pénétrèrent dans un bel immeuble, de ceux qu'on appelait autrefois des maisons de généraux, puis dans un appartement tout à fait correct. Quand la porte claqua, on entendit des bruits de pas et des coups de canne par terre. Simka entra dans le couloir, ridée, le visage rouge et congestionné ; sa tête était entourée d'un fichu, toujours noué de la même façon, comme une chèvre avec deux cornes au-dessus du front. Elle s'appuyait des deux mains sur sa canne et traînait la jambe gauche ; son visage desséché était déformé par ses lèvres pendantes.

« Ah, c'est toi ! Je croyais que c'était Liova, prononça pas très distinctement la vieille Simka.

— Maman, Liova est en déplacement, Liova est en déplacement », cria Bronka, et elle dit à Irina à voix basse : « Mon mari est parti depuis deux semaines, mais elle n'arrive absolument pas à s'en souvenir. »

Et de nouveau, presque en criant :

« Maman, regarde un peu qui vient nous voir ! C'est Irotchka, la petite-fille d'Anna Markovna. Tu te souviens d'Anna Markovna, dans la vieille maison ?

— A-ah ! répondit Simka en hochant la tête. Bien sûr, je me souviens d'Anna Markovna. Elle vit encore ? Non ?

— Elle est morte depuis longtemps. Il y a presque vingt ans, répondit Irina en éprouvant un étrange sentiment de gêne. Ma grand-mère, mon grand-père, et ma mère aussi ne sont plus là depuis longtemps.

— Anna Markovna était une brave femme, dit-elle avec condescendance, comme si de son opinion dépendait l'actuel bien-être de la défunte. Elle me respectait beaucoup, oh oui ! » dit Simka avec une grimace de fière dignité et avec quelques difficultés.

Irina Mikhaïlovna ne pouvait arriver à se souvenir de son patronyme. Elle ne le pouvait pas parce qu'elle ne l'avait jamais connu. Personne n'avait jamais su le patronyme de Simka, du moins à cette époque...

Bronka emmena sa mère dans une pièce du fond. Irina regarda autour d'elle : un appartement sans personnalité, aux murs standards, comme chez Irina elle-même ; beaucoup d'appareils de hi-fi coûteux...

« Je vais faire du thé, dit Bronka. J'ai des bonbons Jubilée, c'est une vraie rareté de nos jours... »

Les manches larges du corsage en soie flottèrent joliment derrière les bras fins de Bronka quand elle chercha les bonbons sur une étagère élevée. Elle leva le bras, arrangea sa barrette dans sa chevelure châtain qui conservait un reflet roux, et tous ses gestes semblaient à Irina extraordinairement féminins et beaux. Bronka continuait de marmonner ce qu'elle avait en tête : « Irotchka, ça fait combien d'années ! Irotchka, mon Dieu, ça fait combien d'années... »

« Bronka est une beauté », Irina s'en rendit compte soudain. Une chose pareille ne lui aurait pas traversé l'esprit autrefois. Elle n'était qu'une mauviette aux pattes grêles, rousse et bourrue.

« Autrefois nous ne comprenions pas une telle beauté, songea Irina. Elle était trop subtile pour cette époque. »

Bronka mit sur la table des tasses bleu de Sèvres, surchargées d'or à l'intérieur. Des tasses qu'elle connaissait bien. Irina vit soudain très précisément la jeune Simka, une tasse bleue à la main, assise devant la blancheur rêche de leur table familiale, et sa grand-mère incliner la tête pour écouter des paroles rapides, parfois incompréhensibles, ponctuées de yiddish et de gestes brusques, qui semblaient toutes inopportunes, et elle, Irotchka, assise sous le guéridon doré dans un coin de la pièce, regardant l'étrange visiteuse à travers la frange beige de la nappe qui tombait jusqu'au sol.

« Comment vont tes garçons ? demanda Irina.

— Bien, Irotchka. Ils sont grands maintenant. Et ça n'est pas peu dire... Tu va voir », et elle sortit un coffret d'où elle tira des liasses de photos aux couleurs vives. « Voici Iourotchka, il vit en Californie, tu sais. Il est ingénieur en électronique et il a une grosse affaire. Il est riche. Pas seulement par rapport à nous, mais vraiment riche. Voici sa femme : ils ont trois enfants. Des Américains. Les fillettes sont belles, n'est-ce pas ? Ma petite-fille Jane. Lui, c'est Michka. Il est neuropathologiste. Il a fait ses études là-bas. Iourotchka l'a aidé. Ce sont mes Américains. Voici la femme de Micha, une Chinoise. Imagine, il s'est marié à une Chinoise ! Chez eux, en Amérique, tout est mélangé. Surtout en Californie. »

Irina regardait avec curiosité des gens robustes et beaux, une vie aux couleurs artificiellement vives et fausses, et Bronka prit une liasse modeste de photos noir et blanc et poursuivit :

« Grichka et Sacha sont ici, avec nous. Enfin, pas avec nous. Grichka habite rue Viatskaïa. Il a divorcé, ça ne marchait pas entre eux ; Sacha, lui, est à Leningrad. Ils m'ont donné des petits-fils. Nous avons deux fillettes, Jane pour Ioura et celle-ci, Liletchka pour Sacha. Et là, c'en est une de Liova, mon mari, une fille d'un premier mariage... Je vais apporter le thé. » Bronka sourit et sortit de la pièce.

Il y avait une montagne de photographies devant Irina, aussi éloignées de la vie réelle que Bronka avec son fichu gris de la campagne, son enfant emmailloté dans une lourde couverture ouatée, à gauche du perron, il y avait près de quarante ans maintenant, avec cette différence toutefois que ces photographies étaient à la fois mensongères et réelles, alors que la silhouette de Bronka de cette époque était vraie mais désincarnée...

« Ah, je suis si contente, si contente de te voir ! répétait Bronka avec une volubilité naïve. Mais parle-moi de toi, comment vis-tu ? Qu'est-ce que tu fais ? »

Irina sourit, haussa les épaules — elle vivait agréablement.

« Tout va bien, dit-elle, j'ai une fille... Elle fait un troisième cycle. J'ai un petit-fils. Mon mari est professeur à l'université ; moi j'enseigne... je suis chargée de cours dans une grande école. »

Et soudain surgit dans son for intérieur une ombre inexplicable de mécontentement de sa vie, de gêne vis-à-vis de son bonheur parfait et bien mérité. « Mais non, ce sont des bêtises, pensa-t-elle furtivement ; qu'y a-t-il de mal à ce que mes parents m'aient donné une bonne éducation, m'aient assuré tout le nécessaire dans la vie et que nous ayons à notre tour donné la même chose à notre fille... » Et, tournant son regard vers les photos, elle changea de sujet.

« Ce sont de belles photos... J'aime beaucoup les photos...

— Ah bon ? demanda avec une étrange expression Bronka. Tu aimes vraiment les photos ? »

Irina hocha la tête.

Bronka disparut dans la pièce attenante ; quelque chose s'écroula, se répandit par terre, quelques minutes passèrent, et elle réapparut en tenant dans les mains un assez gros dossier poussiéreux. Elle en fit partir la poussière et le posa devant Irina.

« Regarde celles-ci ! »

Irina dénoua le ruban du dossier. Sur le dessus se trouvait une vieille photo bistre de grand format.

Un tout jeune étudiant aux cheveux sombres et avec une moustache naissante est assis dans un fauteuil, la main droite mollement posée sur un guéridon au centre duquel, à la place du traditionnel vase de fleurs, se trouve une casquette neuve. Un sourire trouble brille sur ses lèvres, les boutons métalliques de son uniforme encore neuf scintillent vaillamment.

Sur le carton marron et soyeux se trouve un paraphe fac-similé et un tampon sévère : « Studio de Théodore Grossitski, rue Novo-Ivanovski. Saratov. »

« Théodore Grossitski était d'une famille de Polonais exilés, un homme immense, ivrogne et querelleur. Mais c'était un photographe très gentil et étonnant. À la suite d'un pari, il a voulu traverser la Volga au moment de la fonte des glaces et il n'en est pas revenu. Il s'est noyé. On a longtemps conservé un de ses appareils, puis les enfants l'ont complètement mis en pièces », dit Bronka avec l'intonation inattendue d'un gardien de musée.

La photo suivante, également collée sur un carton gris marron, représente une jeune fille assise, habillée d'un vêtement léger de dame en dentelle ajourée, les genoux ramassés sous le menton et les bras passés autour de ses petits pieds nus, avec à l'arrière-plan un tapis à petits motifs : elle ressemble étonnamment à Bronka.

« C'est une belle photo, n'est-ce pas ? C'est un artiste qui l'a faite », dit en souriant Bronka qui en posa une autre devant Irina de plus en plus perplexe : c'est encore une Bronka qui la regarde depuis l'ovale, avec un petit chapeau de l'époque de la NEP orné d'un grand ruban ; ses cheveux tombent en abondance sur ses épaules, l'allure est langoureuse et mutine. La photographie est apparemment ancienne.

« Oui, oui, c'est moi, confirma Bronka. À quinze ans. »

Et elle avait déjà dans les mains une photo, de format carte postale, du bel étudiant, cette fois vêtu d'une chemise russe dont les boutons du haut ne sont pas fermés, à côté d'une Bronka jeune, qui a peut-être pris un peu d'embonpoint, et se protège du soleil avec une somptueuse ombrelle à froncis.

« Là, tu vois ? » Bronka montra l'arrière-plan de la photo. « Il y avait une tonnelle d'où la rue descendait jusqu'au fleuve. Après la pluie, les marches en glaise devenaient terriblement glissantes et on avait installé de petits garde-fous en métal peint en blanc. »

« C'est du délire. C'est vraisemblablement une femme qui ressemble beaucoup à Bronka sur les photos et Bronka, quant à elle, est devenue folle à cause de cette ressemblance », pensa Irina pour s'expliquer ces paroles étranges.

À côté fut posée une autre photo dont le modèle était déjà connu : le même jeune étudiant dans un fauteuil, les mêmes plis, gros et petits, d'un rideau, mais à gauche, de façon symétrique, est assise dans un fauteuil identique une jeune fille toute frêle aux cheveux vaporeux ramenés sur le dessus de la tête et noués tel un large ruban. Elle regarde le jeune homme ; lui regarde l'objectif. C'est toujours la même jeune fille.

« C'est étrange, tu ne me reconnais pas ! C'est moi aussi. La photo a été faite en 1911, et je connais parfaitement toutes les circonstances de cette journée, la maison, la rue, où tout cela a eu lieu... »

« Définitivement folle, songea Irina. C'est je ne sais quelle absurdité, ou bien un mensonge stupide de gosse ? »

Bronka lut parfaitement les pensées d'Irina sur son visage.

« Non, je ne suis pas folle. Tu veux que je te raconte ? » Bronka plongea le menton dans ses mains en repoussant ses joues vers le haut. Son visage avait pris quelque chose de chinois, mais n'était pas devenu laid. « Tu veux vraiment que je te raconte ? »

Irina hocha la tête.

« Tu es la seule personne, ma petite Irina, qui peut encore s'en souvenir... Dis-moi, tu te souviens de Viktor Pétrovitch Popov ?

— Popov ? répéta Irina. Non, je ne m'en souviens pas.

— Le vieux photographe qui venait parfois jouer aux échecs avec ton grand-père. Un grand type maigre, aux allures d'aristocrate. Tu ne t'en souviens pas ?

— Non. Il y avait beaucoup de gens qui venaient voir mon grand-père. Des étudiants, des amis. Et en général il jouait aux échecs avec Gretchkov, son assistant. Popov, je ne m'en souviens pas, non.

— C'est dommage, soupira Bronka. D'ailleurs, peu importe maintenant : cette photo est un montage. Celle-là aussi », et elle pointa son doigt sur son image avec l'ombrelle. « Là, il était avec sa sœur. Il aimait beaucoup me photographier. Ce n'était pas simplement un photographe, c'était un artiste : il faisait des photos de comédiens, pour les musées aussi. Il rephotographiait certaines choses, collait, retouchait. Un jour, il a apporté un costume de théâtre dans lequel il m'a prise en photo. Vois-tu, Irotchka, il me trouvait belle. » Bronka fut prise d'un rire étouffé et un peu stupide. « Tu as raison, oui. Je suis folle, bien sûr. Quand j'étais petite, j'étais complètement folle. Je vivais comme dans un rêve, comme dans un cauchemar. J'avais constamment l'impression que j'allais me réveiller et que tout serait beau et comme il faut. Mais je ne savais pas, en fait, ce que voulait dire "comme il faut". J'étais seulement convaincue que les gens ne pouvaient pas vivre comme nous vivions : manger, dormir, bavarder. J'avais constamment l'impression que cela allait prendre fin, tout de suite, et qu'autre chose commencerait, quelque chose de véritable. J'attendais toujours, à tout instant, que tout cela se désagrège et disparaisse, et qu'une nouvelle vie, une vie comme il faut commence, sans cette monstruosité... Tu ne savais pas ce que c'était, toi. La nappe blanche et les tasses bleues sur la table — le rêve de ma mère —, tout cela tu l'avais chez toi et tu n'as sans doute pas connu cette mélancolie de l'enfance : mais peut-être était-ce un dérèglement psychique. »

Irina écoutait attentivement Bronka, à la fois stupéfaite et légèrement hostile : cette ancienne petite traînée, cette risée de toute la cour n'aurait pas dû avoir des sentiments aussi complexes, des sensations aussi profondes. Cela détruisait les convictions inébranlables qu'Irina Mikhaïlovna avait sur la vie...

« Ah ! Comme c'est dommage que tu ne te souviennes pas de Viktor Pétrovitch, continua Bronka. C'était notre voisin. Ma mère lui avait demandé de me faire travailler les mathématiques quand j'étais en quatrième. Irotchka, il me vouvoyait ! Il vouvoyait tout le monde ! Comment te dire ? Autour de lui, c'était une autre vie, et elle n'avait pas de rapport avec celle que connaissaient tous les autres... Il était comme muré contre tout le reste, il se comportait respectueusement avec tout le monde, même avec le chat. Il y avait une vulgarité et une grossièreté épouvantables — tu ne peux t'imaginer la vulgarité qu'il y avait —, mais lui, ça ne le touchait pas. J'allais le voir : en algèbre, je n'y comprenais rien et je ne voulais rien y comprendre. Je voulais rester assise à sa table et ne pas m'en aller. Dans sa chambre, j'étais comme sur une île. Et moi, j'étais idiote ! Je ne comprenais rien et tous ces signes algébriques me dégoûtaient. Mais lui, il était d'une patience extraordinaire : jamais le moindre mot d'énervement.

« Un jour, il m'a montré des photographies : de vieilles photos de famille, celles-ci. Et il m'a parlé. De son père, de sa mère, de Théodore Grossitski, de ses cousines... Mon Dieu, qu'est-ce qui s'est passé en moi alors ! Comme j'ai pleuré !... Viktor Pétrovitch a eu peur, il ne pouvait pas comprendre : "Qu'est-ce qui vous arrive ? Mais qu'est-ce qui vous arrive ?" Moi, sur ces photos et dans ses récits, j'avais reconnu la vie qui devait... la vie que j'attendais sans cesse... Je ne savais pas que c'était celle d'autrefois, et non celle de l'avenir, et qu'elle n'avait, d'une manière générale, aucun rapport avec moi. Moi, j'avais tout ce qui est insupportable : notre appartement, notre cour...

« Irotchka ! je suis tombée amoureuse. Amoureuse de lui, quand il était jeune, sur les photos. Si je n'étais pas tombée amoureuse, je me serais pendue dans une remise de la cour, tant c'était insupportable...

« Viktor Pétrovitch, même vieux, était très beau, très beau. Depuis je n'ai pas rencontré de gens aussi beaux. Maintenant je comprends que lorsqu'il était jeune — tu vois cette photo ? — il n'était pas aussi beau que dans sa vieillesse. Mais, c'est maintenant que je le comprends. À l'époque, je pensais le contraire : je voyais en lui l'étudiant dans son uniforme tout neuf. Il était un Dieu pour moi, Irotchka.

« Quand j'ai compris que je l'aimais et que je n'aimerais personne d'autre parce qu'il n'avait pas son pareil au monde, mon idiotie a disparu et je suis devenue sensée et fine. Quant à la question de l'âge, le mien et le sien, je n'y pensais absolument pas, et je te ferai remarquer que Viktor Pétrovitch avait alors, au début de notre aventure, soixante-neuf ans. Moi, je n'en avais pas quatorze. Mais c'était de la passion, à Dieu ne plaise ! J'avais le sang chaud du Sud... Viktor Pétrovitch avait lui aussi un sang pas ordinaire : sa mère était géorgienne, une princesse géorgienne.

« Dans les premiers temps, je n'en pouvais plus et je m'étiolais affreusement. Lui, bien sûr, ça ne lui traversait pas l'esprit. Un jour, j'arrive chez lui pour faire de l'algèbre et je vois une dame que je connaissais, dans un costume rose, maquillée... Il me demanda de passer le lendemain, et jusqu'au lendemain je n'ai pas fermé l'œil. J'ai vécu de terribles moments de jalousie.

Je n'ai pas dormi de la nuit et je me suis fixé un seul but : séduire Viktor Pétrovitch. Je ne prononçais pas des mots pareils, bien entendu, c'est maintenant que je peux en juger ainsi, mais à l'époque il y avait une tempête dans mon âme. Je ne pouvais rien lui dire. Autrefois, je ne parlais presque pas. Lui écrire me semblait encore plus terrible. Et écrire quoi ? Je me suis levée au milieu de la nuit, en chemise, pieds nus. Ma mère dormait comme une masse, et je me suis dirigée vers sa chambre par le couloir sombre, toute tremblante de peur, non pas à cause de l'obscurité, mais à cause de moi-même... Et je l'ai vaincu, Irotchka. Non sans efforts. Il faut lui rendre justice : il a résisté. »

Bronka sourit. Irina hocha la tête et dit à voix basse :

« Je ne peux m'imaginer. C'est comme dans un roman...

— Il m'a beaucoup aimée, Ira, dit-elle en soupirant. Beaucoup. Si les choses s'étaient sues, on l'aurait mis en prison pour détournement de mineure. Bien que ce soit moi qu'il aurait fallu emprisonner : c'est moi qui l'avais séduit. Bien sûr, je me serais plutôt pendue que de le raconter à quelqu'un. Je le ménageais. Personne ne pensait à lui, bien qu'avec les enfants nous ayons passé beaucoup de temps dans sa chambre.

« Quand Iourotchka est né, j'avais l'habitude de sortir pour me mettre près de sa fenêtre : lui, il était dans son fauteuil et nous regardait derrière le rideau. Aussi longtemps que nous nous promenions, il nous regardait... »

Irina était assise, la tasse bleue dans sa main, la bordure dorée portant l'empreinte du rouge à lèvres framboise. Elle écoutait Bronka comme dans un rêve, comme à travers une nappe d'eau.

« Les jeunes gens ne savent pas aimer de cette façon. Les hommes d'aujourd'hui, en général. C'est plus tard que je m'en suis rendu compte. Beaucoup d'années ont passé après sa mort avant que je ne recommence à regarder les hommes. Et puis je n'avais pas le temps, tu le comprends bien. « Viktor Pétrovitch a mis trois jours à mourir. Il est mort d'une pneumonie. Il souffrait beaucoup. Il étouffait. Je ne m'éloignais pas de lui. Il a ouvert les yeux et il a dit : "Merci ma bien-aimée. Merci, mon Dieu. Et voilà..."

« Ma mère était très maligne : elle avait tout de suite deviné que je me rendais dans la chambre de Viktor Pétrovitch. Elle ne m'a pas empêchée d'être auprès de lui quand il était à l'agonie et elle n'est même pas entrée dans la chambre. Elle gardait les enfants et il n'a demandé à les voir qu'au tout dernier moment. Le petit Sacha avait tout juste deux mois... Les choses sont ainsi, Irotchka. Mon secret, pour lequel je serais morte il y a trente ans, ne vaut plus rien maintenant. Et il n'intéresse personne. Il y a bien longtemps que personne ne se préoccupe plus de savoir qui est le père de mes enfants. Même Simka... »

Irina Mikhaïlovna regarda sa montre. Son mari l'attendait déjà place Maïakovski.

« Je te remercie Bronka. Je suis en retard, mon mari m'attend. Je suis contente que nous nous soyons rencontrées. »

Bronka l'accompagna à la porte.

« Si tu as besoin de billets, passe me voir. Je peux tout avoir. Je te remercie. C'était une telle joie. »

Elles s'embrassèrent. Irina partit. Elles n'avaient pas échangé leurs numéros de téléphone... L'automne était toujours aussi vaporeux, c'était le même jour, la même année, mais Irina Mikhaïlovna portait en elle un changement profond et amer, et ne pouvait absolument pas comprendre ce qui s'était passé... Sa propre vie, la vie de ses parents, la vie de sa fille lui semblèrent soudain dépréciées, affadies, bien que tout fût digne et juste : les vieillards de sa famille mouraient à un âge respectable, les adultes étaient en bonne santé et travailleurs, les enfants obéissants...

Et Irina se souvint : elle se souvint de Viktor Pétrovitch, un vieillard usé et maigre, au visage dur et glabre, aux moustaches nettes, aux poches ridées sous ses yeux clairs ; il portait un anneau d'argent noirci sur un doigt jauni...

Et une jalousie absurde, sauvage, totalement inexplicable à l'égard de Bronka frémit dans son cœur. D'ailleurs, elle ne dura qu'un instant...

La fille de Boukhara

Dans la vie archaïque des faubourgs de Moscou, dans les venelles cloisonnées dont les centres d'attraction se trouvaient à côté des bornes-fontaines gelées et des resserres pour le bois de chauffage, les secrets de famille n'existaient pas. Il n'était même pas question de banale vie privée, car tout un chacun connaissait la moindre pièce d'un caleçon étendu sur la corde à linge publique.

Entendre, voir et s'immiscer physiquement dans la vie des voisins était inévitablement l'affaire de chaque instant, et la possibilité de survie ne tenait que parce que les éclats d'une scène de ménage à droite étaient contrebalancés à gauche par un accordéon joyeux et aviné.

Il y avait au fin fond d'une cour immense et inextricable, divisée par les baraques et les hourdis des remises à bois, collée contre les conduits de cheminée de l'immeuble voisin, une assez jolie maison particulière construite avant la révolution avec une esquisse d'intention architecturale, séparée sur toute sa longueur du reste de la cour par une haie qui n'avait de réalité que le nom. Un petit jardin était devant le bâtiment. Un vieux médecin vivait là.

Un jour, au beau milieu de la journée, à la fin du mois de mai quarante-six, alors que tous ceux qui étaient censés revenir étaient déjà rentrés, une Opel Kadett pénétra dans la cour et s'arrêta près de la porte de la maison du médecin. Les garçons n'avaient pas encore eu le temps d'entourer à loisir ce trophée de la victoire que la portière s'ouvrit et qu'un médecin-chef de l'armée sortit de la voiture, russe jusqu'au bout des ongles, si droit, les dents si blanches qu'il ressemblait à un soldat libérateur au visage bronzé qui aurait tout juste bondi d'une affiche.

Il fit le tour de la voiture bossue, ouvrit l'autre portière, et lentement, très lentement, paresseusement, comme de la confiture qui coule sur une table, une très jeune femme sortit de l'automobile, une incroyable beauté asiatique, aux cheveux brillants et d'une vigoureuse abondance dont le poids renversait sa tête menue.

Au-dessus des pots de fleurs des fenêtres de toutes sortes surgirent des visages de vieilles femmes ; les voisines affluaient déjà dans la cour et à travers l'embrouillamini des constructions fût lancé un cri aigu et triomphant de femme :

« Dima ! Dima, le petit-fils du docteur est de retour ! »

Ils étaient là, près de la barrière, le médecin-chef et la femme qui l'accompagnait. Ayant plongé une main de côté, il essayait de pousser le verrou à tâtons, tandis qu'Andréï Innokientiévitch, le vieux docteur, pressait le pas en boitant sur le chemin broussailleux pour les accueillir. Le vent soulevait ses mèches de cheveux blancs, son visage était renfrogné, il souriait ; il devinait plus qu'il ne reconnaissait...

Comme il sortait de la pénombre de sa chambre, la lumière qui tombait sur le médecin-chef et sa femme lui semblait en quelque sorte excessive, irréelle et verticale, comme au cours d'une grosse averse. Après s'être retourné vers les voisins et leur avoir fait un signe de la main, le médecin s'approcha de son grand-père et l'embrassa. La belle femme aux yeux sombres et embrumés regardait modestement derrière ses épaules.

Cette maison, qui jadis aussi avait eu une existence propre, s'embrasa soudain avec le retour du petit-fils du docteur d'une vie à part, belle et riche. Sourds et aveugles, comme tous les gens heureux, les jeunes gens ne semblaient pas remarquer le contraste déchirant entre la vie des émigrés des baraquements, ce lumpenprolétariat qui n'était ni de la ville ni de la campagne, et la leur qui s'écoulait derrière la nouvelle palissade opaque qui avait remplacé la haie vétuste.

Boukhara — c'est ainsi que les gens de la cour avaient appelé cette belle femme dont ils ignoraient le nom — ne supportait pas le regard des autres, et tant que la palissade ne fut pas reconstruite, toutes les voisines sans exception ne manquaient pas de regarder en passant les fenêtres qui les intriguaient.

Et malgré tout, les voisins de la cour, à moitié affamés et miséreux, en dépit de la fameuse loi du bien-fondé de la privation généralisée, de la misère égale pour tous, universelle et obligatoire, leur pardonnaient ce droit aristocratique de vivre à trois dans trois pièces, de prendre leurs repas non pas dans la cuisine mais dans la salle à manger, et de travailler dans un bureau... Et comment auraient-ils pu ne pas leur pardonner ! Il aurait fallu qu'il y ait dans la cour une grand-mère que le vieux docteur ne serait pas allé voir, un bébé qu'on ne lui aurait pas amené ou une personne qui aurait pu dire que le docteur lui avait pris ne serait-ce qu'un rouble pour la soigner...

Ce n'était même pas une tradition de famille, mais plutôt une manie familiale : le père d'Andréï Innokientiévitch avait été aide-médecin et son grand-père médecin de régiment. Son fils unique était mort du typhus alors qu'il travaillait comme jeune interne dans un pavillon de malades contagieux, et il avait laissé un enfant d'un an, Dmitri, que le grand-père avait élevé.

Les cinq dernières générations de la famille avaient une particularité héréditaire : les hommes de haute taille et forts de la tribu engendraient chacun un seul fils, comme s'il avait existé quelque instruction venue d'en haut limitant la reproduction naturelle de ces solides professionnels qui agitaient leurs gants de caoutchouc bien serrés sur le champ opératoire.

Connaissant cette faible fécondité familiale, le vieux Andréï Innokientiévitch regardait plein d'espoir la frêle fiancée vêtue de soies roses et lilas ; il remarqua tristement l'étroitesse adolescente de son bassin, la délicatesse générale de sa constitution et se souvint de sa Tanioucha, qui l'avait quitté depuis longtemps, et de son allure à dix-huit ans : une taille et des épaules d'homme, un visage rutilant comme un samovar et une grosse tresse de cheveux raides qu'elle avait coupée avec une joie impitoyable le jour où elle avait terminé le lycée...

Alors que Dmitri hésitait entre prendre un service dans un hôpital de la ville ou une chaire à l'académie de médecine militaire et déménager à Leningrad, sa femme avait pris en main la maison, avec zèle et minutie, remplaçant Pacha, une vieille femme de service de l'hôpital qui s'occupait depuis près de vingt ans du ménage pas bien sorcier du docteur.

Pacha s'était vexée et avait cessé de venir. Pour la première fois de sa vie, le docteur s'était rendu chez elle, à Izmaïlovo. Il l'avait trouvée, s'était assis sur une chaise cannée qui tenait avec un bout de ficelle, avait posé son chapeau avachi devant lui sur la table et dit en examinant d'un regard droit et légèrement myope une icône entourée de serviettes brodées :

« Je ne savais pas que tu étais croyante. » Il hocha la tête pour continuer de sa sévère voix doctorale : « Je ne t'ai pas mise à la retraite, Pacha. Tu laisseras la cuisine, mais tu feras ma chambre et la lessive : voilà ce qui te restera à faire. Et tu auras autant qu'avant. »

Pacha éclata en larmes, les lèvres serrées comme un fer à cheval ramolli.

« Qu'est-ce que tu as à brailler ? lui demanda sévèrement le docteur.

— Mais il n'y a rien à ranger chez vous, dans votre bureau ! Juste un petit coup à donner, et voilà tout... Et elle, est-ce qu'elle sait seulement cuisiner ? Pas plus le borchtch que la kacha... » Elle sortit de sa robe de chambre noir délavé un chiffon blanc et s'essuya les yeux.

« Prends tes affaires, Pacha, et on file ! Ne fais pas l'idiote », lui ordonna Andréï Innokientiévitch, et ils partirent ensemble en tramway pour un long périple, à travers tout Moscou, qui les mena chez le docteur.

« Tu n'as pas de raison d'être vexée : notre

heure est venue. Qu'elle s'organise comme elle veut : elle va bientôt accoucher», confia le docteur à Pacha en route. Mais celle-ci secouait la tête d'un air affligé et se taisait. Ce n'est que tout près de la maison qu'elle lui répondit en prenant son courage à deux mains :

«C'est vexant tout de même. Il s'est marié avec cette frimousse d'Asiate. Enfin quoi, c'est Boukhara !»

Manifestement, Pacha n'était pas encore absolument pénétrée de l'esprit d'un internationalisme universel et définitif.

Et cette frimousse asiatique, que son mari appelait tendrement Aletchka, lançait vers lui des regards étincelants, rangeait et nettoyait avec l'aisance et l'habileté de ses mains fines la maison qui avait été négligée.

Le docteur, qui durant sa jeunesse avait longtemps vécu en Asie centrale, comprenait bien l'organisation particulière de l'Orient. Il savait que même la femme asiatique la plus cultivée, composant des poèmes en persan et en arabe, irait, sur un simple mouvement de sourcils de sa belle-mère, ramasser en compagnie des servantes le fumier séché ou mouler des briques en torchis...

Depuis la fenêtre de son bureau, le docteur observait sa bru enceinte, accroupie dans le jardinet, en train de décaper une vieille casserole, et ses fines omoplates en forme de faucille roulaient à peine sous le tissu léger de sa robe.

« Pauvre fille, pensait le vieillard, elle aura du mal à s'habituer. »

Mais elle comprit rapidement de quoi il retournait.

« Ni belle-mère ni bonne », dit-elle pour définir la vieille Pacha. Elle réfléchit et trouva : ce serait la nourrice.

Et dès cet instant, Pacha n'eut pas la moindre raison de se plaindre de la petite fiancée parce que, bien que celle-ci se trompât quant au rôle de la vieille femme, cette erreur était plus proche de la vérité. Aletchka était affectueuse et d'une simplicité respectueuse à l'égard de Pacha.

Quant au vieux docteur, ses cheveux blancs auraient suffi pour qu'elle élève vers lui des yeux pleins de douceur. De plus, il lui rappelait son père, un savant ouzbek à la façon de l'ancien temps qui était mort peu avant la guerre. On ne pouvait toujours pas lui attribuer la place qu'il méritait dans le nouveau panthéon des Ouzbeks soviétiques célèbres, car on devait choisir entre la figure d'un orientaliste polyglotte, celle d'un folkloriste expert ou encore d'un chercheur extrêmement compétent dans le domaine de la médecine orientale.

À la fin de sa vie, il avait préféré par-dessus tout la théologie et avait écrit jusqu'à ses derniers jours un traité sur l'isrâ, le voyage nocturne de Mahomet à la Jérusalem Céleste, ce qui avait également contrecarré sa reconnaissance officielle après sa mort. On avait toutefois baptisé une rue des faubourgs en son honneur, mais elle avait été rebaptisée quelques années plus tard... Il avait une telle liberté de pensée qu'il avait fait faire des études non seulement à ses nombreux fils, mais également à ses filles. La cadette n'avait pas eu le temps de les achever du vivant de son père : cllc n'avait guère obtenu qu'un diplôme d'infirmière...

Aussi, Andréï Innokientiévitch n'avait-il pu se rendre compte avant sa mort, survenue inopinément et sans drame après la naissance de son arrière-petite-fille, à quel point coulait dans les veines de cette gamine au visage et aux cheveux jaunes, que l'on avait ramenée triomphalement de la maternité Kroupskaïa dans l'Opel Kadett grise, un sang raffiné, distillé par des siècles de fréquentation des meilleures medersas d'Asie.

Au premier coup d'œil, l'enfant avait mis le vieux docteur sur ses gardes. La fillette était apathique, œdémateuse, avec un pli épicanthique très marqué, ce pli cutané de la paupière caractéristique des mongoliens. Andréï Innokientiévitch remarqua, sans rien dire, une certaine hypotonie, un développement musculaire insuffisant et une totale absence de la préhension réflexe.

Dmitri, qui avait terminé à la hâte ses études de médecine après le début de la guerre et s'était spécialisé en chirurgie urogénitale, ne comprenait rien à la pédiatrie, mais lui aussi était inquiet en son for intérieur et il repoussait les mauvais pressentiments.

On appela la fillette Ludmila, on la surnomma Milotchka, et Alia, qui parlait parfaitement le russe, l'appelait, en adoucissant la finale, « Miliéï ». Elle ne la lâchait pas de ses bras, et même la nuit elle faisait en sorte qu'elle se blottisse contre elle.

Le vieux docteur mourut en emportant ses soupçons, mais six mois plus tard, il fut parfaitement clair pour Dmitri lui-même que l'enfant était débile.

Il emmena la fillette à l'institut de pédiatrie où l'académicien Klossovski, proche du défunt docteur par de vieux liens corporatifs, examina le bébé avec art sous les regards admiratifs des internes et des étudiants en deuxième année. Il retourna la minuscule main, indiqua un pli palmaire à peine visible; pressant les joues d'un geste habile, il fit sortir la petite langue blanchâtre et prononça son diagnostic, rare à cette époque : le syndrome classique du mongolisme.

Ayant terminé son brillant numéro, l'académicien laissa l'enfant sur la froide table blanche aux soins de l'infirmière en chef du service et, prenant par le bras le père bouleversé, il l'emmena dans son bureau orné de bronzes et de préparations de cerveau.

Après cinq minutes de discussion, Dmitri comprit que le cas était incurable, qu'aucune médecine ne pourrait jamais alléger son sort et que le seul soulagement qu'envoyait la nature pour adoucir ce malheur était une configuration anatomique du nasopharynx telle que sont inévitables des rhumes constants entraînant une pneumonie et, par conséquent, une mort prématurée. « En général, dit l'académicien à titre de consolation, ces enfants atteignent rarement l'âge de la maturité. »

Sur le chemin de retour, la fillette débile dormait sereinement et sa mère, si belle, serrait contre elle son trésor avec une telle gravité que Dmitri se demanda sérieusement si sa femme avait vraiment compris toute l'horreur inimaginable de ce qui s'était passé, et il ne put se décider à le lui demander.

Le temps passant, Dmitri Ivanovitch étudia les revues médicales américaines, comprit l'origine de cette maladie et les maudites théories de Weismann et de Morgan orientèrent sa douleur vers les moments les plus heureux de sa vie, les premiers jours de cet amour qu'il avait ressenti pour une belle fille vierge, véritable miracle du temps de guerre, directement envoyée à l'hôpital depuis la janna, le paradis musulman, au lieu des infirmières démobilisées.

En embrassant le premier et l'unique homme de sa vie de ses bras safranés et musqués, elle lui chuchotait à l'oreille : « Le nom de Dmitri était inscrit dans ma poitrine », et elle prononçait des paroles dans une langue orientale qu'il ne comprenait pas, non des mots de caresses, mais des mots de prière... C'est alors justement que les agglomérats compacts de la matière héréditaire se rencontrèrent et, en se dispersant, s'accrochèrent par hasard : un chromosome en trop, ou bien l'une de ses parties, n'était pas allé dans la bonne cellule, et cette erreur microscopique avait déterminé l'existence de cet être malsain depuis sa conception même...

La femme de Dmitri ne semblait pas remarquer la débilité de sa fille. Elle l'habillait dans des soies chamarrées, elle nouait d'élégants rubans dans ses cheveux jaunes clairsemés et admirait sa petite frimousse plate empreinte d'une joie de vivre insensée, avec son petit nez écrasé et sa bouche humide toujours entrouverte.

Milotchka était souriante et calme : elle ne pleurait pas, ne boudait pas, ne rouspétait pas. Jamais elle n'avait envie de ce qui lui était interdit. Elle ne déchirait pas ses petits livres, se méfiait du feu, s'approchait de la barrière du jardinet, regardait la cour par une fente, mais ne sortait jamais.

Dmitri Ivanovitch imaginait amèrement, en observant sa fille, l'enfant merveilleuse qu'elle aurait pu être, il pensait à l'être plein de charme qui était enseveli dans cette chair défectueuse.

La seule particularité désagréable de Milotchka était sa saleté. Elle demanda très tard le pot, comme cela est courant pour de tels enfants, et elle ne pouvait absolument pas assimiler la notion de « sale », bien qu'elle comprît beaucoup d'autres choses plus complexes. Ainsi, elle distinguait le « bien » et le « mal » à sa façon, et la punition la plus grave que sa mère tolérait était : « Milotchka est une mauvaise petite fille. » Elle couvrait alors son visage de ses doigts minuscules et versait des larmes abondantes. Elle était rarement soumise à pareille punition et, en général, pour des fautes concernant la « saleté » justement : une robe maculée, une couverture ou une chaise souillées.

L'élément préféré de Milotchka était la terre à moitié liquide dans laquelle elle se traînait avec plaisir. Elle restait de longues heures assise près du bac dont elle méprisait le sable propre et fin que son père avait apporté exprès pour elle, et elle arrosait avec l'eau de pluie d'un tonneau la terre grasse du jardin pour pétrir de la boue et la modeler, la modeler sans fin...

Dmitri Ivanovitch, élevé par son grand-père dans le schéma moral sec et vertueux de Marc Aurèle, qui de plus avait fait sienne l'ennuyeuse religion matérialiste du bien commun, restait fort tard dans son service, examinant à fond le destin médical de ses patients.

Rentré chez lui, il éprouvait un désespoir quotidien, et sa femme, attachée à Milotchka au point que les traits de la débilité de sa fille semblaient avoir pénétré en elle, lui devenait de plus en plus étrangère.

Toute la magie de l'intimité avec cette charmante et docile beauté asiatique semblait s'être dispersée à tous vents, et même quand il l'appelait parfois dans le bureau de son grand-père qu'il avait depuis longtemps adopté, il ne pouvait se libérer d'une peur noire et profonde face au mouvement invisible des particules mystérieuses et inconcevables qui dirigeaient le destin d'un enfant déjà né et de cet autre qui pourrait venir au monde... Cette peur était si forte qu'elle provoquait parfois en lui un écœurement physique et privait complètement, en définitive, Dmitri Ivanovitch du désir d'enlacer cette perfection faite femme.

Tamara Stépanovna, l'infirmière de la salle d'opération, une femme corpulente et grossière, mais aux mains intelligentes et sûres, après une soirée à l'occasion de l'anniversaire d'un membre de l'équipe, avait libéré Dmitri Ivanovitch des préjugés d'une éducation puritaine sur la couchette en skaï de la salle d'attente fermée à clé, et libéré la belle Boukhara de son mari.

Avec ses pores dilatés, ses cheveux aux boucles raides et ses grosses jambes, Tamara Stépanovna ne s'attendait pas à un tel succès. Mais elle était une combattante de choc qui avait appris depuis longtemps le secret intime des hommes : consolider le plus possible la partie la plus faible. Par son intuition de femelle expérimentée, elle avait senti son point faible dès leur deuxième rencontre qui avait eu lieu quelques jours plus tard, par hasard, à l'occasion d'une coïncidence de leurs gardes : elle avait fait allusion à sa stérilité et avec cette femme, qui n'était plus ni jeune ni belle, Dmitri Ivanovitch s'était libéré du mirage cauchemardesque des mouvements minuscules et répugnants des chromosomes dont l'existence était à l'époque purement et simplement niée par la science d'avant-garde. Mais cela ne pouvait plus modifier ses relations complètement détériorées avec sa femme.

Dmitri Ivanovitch lui fit savoir qu'il partait chez une autre. Elle lui demanda, sans lever les yeux, ni exprimer le moindre sentiment, pourquoi il avait besoin de s'en aller... Dmitri ne comprit pas la question et lui donna des explications.

« Je comprends que tu en aies assez de moi. Amène ta nouvelle femme ici. Je suis d'accord. Je suis moi-même née d'une première femme... » dit Boukhara sans lever les yeux.

Dmitri Ivanovitch se prit la tête dans les mains et il poussa des gémissements ; le soir même, ayant mis dans une valise ses chemises et ses chaussettes, il partait chez Tamara Stépanovna...

Dmitri Ivanovitch envoyait de l'argent par la poste. Il ne rendait jamais visite à Milotchka. Au bout de trois jours, sa fille l'avait oublié. Après son départ, Pacha s'était définitivement installée dans la pièce du docteur et Boukhara avait trouvé un travail dans sa spécialité qu'elle avait quasiment oubliée.

La vie avait brutalement changé. L'ancienne curiosité avide des voisins pour Boukhara et sa fille, entretenue par la hauteur de la palissade et leur complet isolement, était désormais remplacée par le désir agressif de réduire le logement de la nouvelle venue, de «tasser» comme on disait alors. On écrivit des papiers frustes et persuasifs à la direction du logement, à la police et à quelques autres organisations non étrangères aux questions de répartition de la surface habitable. C'était déjà cependant une époque progressiste et on ne réussit ni à les expulser ni même à réduire leur logement, bien que Golovkine, l'agent de police du commissariat, fût tout de même venu leur rendre visite pour voir les pièces dont disposait cette veuve joyeuse.

Les chats crevés des alentours étaient constamment jetés par-dessus la palissade de Boukhara, mais elle n'était pas dégoûtée et elle les emportait à la décharge; et si Milotchka trouvait une charogne en l'absence de sa maman, elle creusait une fosse dans un coin du jardinet, sous un grand chêne, pour l'enterrer, et installait sur la tombe un monument souterrain et secret : elle mettait des papiers de couleur sous un morceau de vitre, de gros boutons d'or, du papier d'argent, des cailloux. Elle s'affairait des heures entières afin de tout embellir, et quand sa mère revenait du travail, elle dégageait une fine couche de terre et montrait l'image enchantée disposée sous la vitre au-dessus du défunt chat, elle pointait son doigt sale sur le verre et expliquait à sa mère :

« Le minou est ici. »

La grosse Milotchka grandissait dans une bienheureuse solitude. Il y avait maman, Pacha, le jardinet entouré d'une haute palissade et de nombreuses choses importantes et investies d'une signification énorme : le vieux fût métallique pour l'eau de pluie entouré d'odeurs diverses et de petits mouvements d'insectes autour de lui et à l'intérieur ; le vieux chêne dans un coin du jardin parsemé de jolis glands aux chapeaux lisses, les feuilles rêches découpées et les brindilles cassantes, tout cela rempli également d'une petite vie animale ; la tonnelle où Milka partait sucer ses doigts courts et bouffis...

Elle allait sur ses huit ans, et connaissait beaucoup de choses de vue, à l'odeur et à tâtons. Seulement, elle ne disait pas beaucoup de mots et sa prononciation était étrange, comme si son larynx avait été créé pour une autre langue, une langue d'ailleurs.

La vieille Pacha aimait Milotchka. « Ma pauvre petite », disait-elle, et lorsque Boukhara partait au travail, elle racontait de longues histoires à sa protégée. Non que l'esprit de Pacha se fût embrouillé, mais il était tout entier orienté vers le passé lointain et elle ressassait en détail à Milotchka les histoires de sa famille à la campagne, du méchant berger Philippe qui l'avait frappée avec un fouet quand elle était petite, de l'incendie qui s'était répandu dans le village depuis leur maisonnette de bain, où avait brûlé son frère aîné qui était soûl.

L'enfance de Milotchka n'en finissait plus de durer; une décennie entière, elle avait été réjouie par ses «jeux de mains», les contes de la «pie-voleuse»; elle cachait son minois derrière son mouchoir ou dans un oreiller et demandait qu'on la trouve... Cette période de son enfance prit fin lors de sa onzième année quand soudain sa croissance s'améliora et que son esprit de trois ans d'âge mental commença à mûrir. Elle se mit à mieux parler et à se préoccuper de sa propreté, principalement de ses mains : elle les lavait longuement à l'eau chaude, semblait même les lessiver.

Elle avait aussi appris à faire des découpages de papier avec des ciseaux. Sa mère lui apportait maintenant une quantité de cartes postales, de vieux livres à moitié déchirés, et, des jours entiers, Milotchka découpait avec application de petites fleurs dans des cartes postales rigides. Après l'avoir goûtée du bout de sa grosse langue, elle reniflait chaque fleur et pleurait si par hasard elle avait coupé une petite feuille verte ou une tige.

Le soin qu'elle y mettait était sérieux et digne de respect, et cette activité absurde ressemblait à un travail rationnel et conscient. Elle collait ses découpages sur les pages d'un album, faisait des combinaisons invraisemblables de têtes de chevaux, de roues de voitures et de coiffures de femmes, charmantes à leur façon et sauvagement artistiques... À force de s'appliquer, la bave inondait son menton. Mais il n'y avait personne pour pleurer en voyant souffrir cette pauvre âme créatrice, traquée par la volonté du ciel qui en avait fait un avorton industrieux...

Tout enjouée, elle apportait à sa mère ses minutieux ouvrages. Celle-ci lui caressait la tête et l'encourageait : « C'est très beau, Milotchka ! C'est bien, Milotchka ! » Et la fillette faisait de grands sauts de joie, elle s'accroupissait, elle riait : « C'est bien ! C'est bien ! » On voyait que l'aspiration à la perfection était contenue en elle...

Entre-temps, Boukhara avait brusquement et définitivement cessé d'être une beauté. Elle avait beaucoup maigri, son visage s'était assombri ; elle avait rangé dans une vieille valise allemande ses robes chamarrées et portait des habits sombres. Son visage s'était couvert d'un duvet noir sur les joues et le menton, ses dents étincelantes avaient perdu leur éclat jubilatoire.

Ses collègues du dispensaire lui avaient suggéré de consulter un bon spécialiste, mais elle se contentait de sourire et baissait les yeux. Elle se savait malade et savait même ce qu'elle avait.

À la fin de l'hiver, elle prit soudain un congé et partit en avion avec Milka dans son pays, pour la première fois depuis des années. Elles furent absentes à peine plus d'une semaine : Boukhara rentra plus morte que vive, encore plus sombre, avec un immense sac de laine légère à grosses mailles.

Il était rempli d'herbes qu'elle étala, tria et moulut longuement. Puis elle en remplit des sachets de gaze, les enveloppa dans du papier blanc et se mit à les faire infuser par petites poignées.

Pacha ne cessait de flairer et de renifler : « Eh bien, Boukhara, tu es une sorcière asiatique ! »

Boukhara se taisait, elle se taisait obstinément, puis elle s'accroupit dans la cuisine et, appuyée contre le mur, comme elle aimait à le faire, elle dit à Pacha :

« Pacha, j'ai une maladie mortelle. Je ne peux pas mourir maintenant et laisser ainsi Milotchka... Avec ces herbes je vais vivre encore six ans, puis je mourrai. C'est un vieillard qui me les a données, un saint homme. Je ne suis pas une sorcière. »

Jamais Pacha n'avait entendu autant de paroles dans sa bouche. Elle réfléchit, remua ses lèvres bourrelées et demanda :

« Donne-m'en, à moi aussi !

— Tu es en bonne santé, tu vivras plus longtemps que moi », répondit Boukhara, et Pacha la crut.

Boukhara buvait tout le temps de l'infusion parfumée, mangeait très peu et toujours la même chose : du riz bouilli et des abricots secs qu'elle avait rapportés de son pays, très durs et presque blancs.

Elle avait encore un autre projet : elle se mit à emmener Milotchka dans une école spécialisée pour les enfants retardés. Elle changea aussi de travail et entra au cabinet médical de l'école, et avec les éducateurs spécialisés elle employa toutes ses forces à apprendre à Milotchka la science de la vie : lacer des bottines, tenir une aiguille, éplucher des pommes de terre...

Milotchka s'appliquait, soupirait patiemment, et, en deux ans, elle devint excellente en travaux manuels. Il est vrai qu'avec les lettres et les chiffres, on n'avait rien pu obtenir. Parmi tous les chiffres, elle ne reconnaissait fièrement que le 5, qui la mettait en joie, et la lettre M qu'elle parvenait à distinguer. C'était un grand bonheur pour elle de sortir le soir avec sa mère et de regarder le M rouge au-dessus de l'entrée du métro.

« Mé, métro, Mila ! » disait-elle avec un sourire radieux.

Parmi les idiots de toutes sortes de cette terrible école, les enfants mongoliens se distinguaient par leur caractère calme et facile.

« Les mongoliens sont des enfants formidables », répétait le vieux Goldine, le chef du service de soins, toujours prêt à blaguer et à dire des bons mots sortis de sa propre imagination. « Mais c'est dommage qu'ils apprennent si mal. »

Boukhara observait attentivement Karen, Katia ou Vérotchka : elle les comparait à sa petite Milka et la comparaison était en faveur de celle-ci. Bien que la ressemblance physique de ces enfants fût surprenante — tous étant peu développés, les doigts courts, les yeux bridés comme les mongoliens, myopes, gras... —, Milotchka semblait à sa mère plus belle que les autres. Peut-être en était-il ainsi...

Pour ses dix-sept ans, elle commença à prendre des formes : des seins poussèrent sur son corps grassouillet. Elle était à la fois gênée et un peu fière, et déclarait :

« Mila est grande, Mila est une tata... »

Elle demanda à sa mère des chaussures à talons.

Ses petits pieds étaient d'une taille enfantine et longtemps sa mère ne put lui en trouver. Elle finit par dénicher des souliers vernis géorgiens avec des talons de liège. Milotchka était heureuse, elle essuyait ses chaussures avec son mouchoir et embrassait le visage et les mains de Boukhara, tel un chiot qui lèche son maître sans discernement.

Elle ne sut pas tout de suite marcher sur des talons : durant près de deux semaines, elle trébucha à travers toute la maison. Quand elle y arriva, sa mère l'emmena à l'atelier du dispensaire de neuropsychologie où, à l'aide de l'éducation par le travail — c'est-à-dire coller des enveloppes et découper des étiquettes de prix —, on tentait de faire de retardés mentaux des membres utiles à la société.

Boukhara démissionna de l'école et entra au bureau d'accueil du dispensaire, afin d'être à côté de sa fille et de l'aider dans son travail.

Boukhara répartissait les fiches médicales dans les cabinets de consultation et étudiait les patients dans un but bien défini. Elle avait peu de temps ; elle se pressait, comme se presse un peintre condamné pour achever avant sa mort une grande toile.

Le travail au dispensaire, comme dans n'importe quelle autre administration, était incroyablement routinier et absurde. Chaque année, on convoquait les malades pour une visite de contrôle : il s'agissait de la principale préoccupation du dispensaire. D'ailleurs, dans le service voisin, le dispensaire ordinaire du quartier, on traînait même les culs-de-jatte à ce genre de visite. Sinon, on ne leur donnait pas de pension, et celle-ci représentait une somme non négligeable qui atteignait presque quarante roubles pour certains.

Ce sont les gens qui venaient pour cet examen dont Boukhara s'occupait. Elle avait même ses propres petites archives, son fichier personnel. Elle voulait savoir de quel malade il s'agissait, avec qui il vivait, où...

Le gibier était cependant allé lui-même au-devant du chasseur. Un jour, sur l'escalier détérioré en marbre de l'hôtel particulier qu'occupait le dispensaire, un petit vieillard chauve, avec un pantalon à rayures trop court et une vivacité chaplinesque dans le regard, s'adressa à elle. Sans la lâcher de sa main de débile macrocéphale et grassouillet au sourire rose, le vieillard demanda à Boukhara où était passé le docteur Raktine qui était autrefois dans leur quartier mais ne recevait plus maintenant.

Boukhara répondit que Raktine était parti, et que la jeune doctoresse Védénéeva le remplaçait, mais qu'elle ne donnait pas de consultations aujourd'hui, semblait-il.

« Aïe-aïe-aïe ! » caqueta le vieillard d'un air affligé, comme si on ne sait quel malheur s'était abattu sur lui. Cependant, Boukhara observait celui qui se trouvait à côté de lui, également chauve, gros et brave, vêtu d'une chemise à carreaux, propre mais pas repassée, et d'un pantalon large à la mode d'après-guerre. Il avait dans les trente ans, ou à peu près, mais Boukhara savait déjà que les malades vivent et vieillissent autrement que les gens ordinaires, et que l'on peut facilement se tromper sur leur âge : dans leur enfance, ils paraissent souvent plus jeunes, et ensuite ils vieillissent avec une rapidité imprévue...

« Quel est votre nom ? demanda Boukhara respectueusement.

— Berman, répondit le vieillard, et son fils obèse hocha la tête. Berman, Grigori Naoumovitch », répéta le vieillard en montrant son fils qui ne cessait de hocher la tête et de sourire.

Elle apprit qu'ils étaient venus prendre un certificat. Leur maison devait être démolie et le vieux Berman voulait profiter de la maladie de son fils pour obtenir quelques mètres carrés supplémentaires de surface habitable.

Boukhara se renseigna rapidement et lui dit quand il devrait revenir, lui promit de l'informer si l'on pouvait lui donner un certificat de ce type pour Grigori.

Le père et le fils partirent, et Boukhara suivit longuement du regard ce couple qui pouvait sembler comique à d'aucuns. Mais pas à elle...

Elle étudia longuement la fiche épaisse de Grigori Berman. On y indiquait une hydrocéphalie congénitale, une méningite, un traumatisme dû à la foudre à l'âge de sept ans, comme si la providence s'était assurée que cet homme était handicapé sans le moindre doute...

D'après les pattes de mouche illisibles des médecins traitants, le jeune homme avait un intellect inférieur, un caractère calme et sans problème, et n'était pas sujet à des crises.

Le lendemain, Boukhara se rendit à la rue Staraïa-Pimenskaïa où, dans une maisonnette en bois — exactement comme la petite isba sur pattes de poule de la baba-yaga[1] —, partagée toutefois par trois familles, habitaient le vieux Berman et son fils.

Sur une corde tendue à travers la petite pièce était suspendu du linge humide ; le vieillard lisait un de ses gros livres reliés en peau qui étaient entassés sur la table, et le cœur de Boukhara se serra quand elle sentit la douce odeur de vieux cuir de son enfance.

Grigori était assis sur une chaise et caressait un chat blanc sale qui dormait sur ses genoux. La pièce sentait la soupe brûlée et le pot de chambre.

Le vieux Berman s'affaira quand il reconnut l'infirmière qu'il avait rencontrée la veille : il ne s'attendait pas du tout à une telle prévenance.

« Gricha, va immédiatement mettre la bouilloire sur le feu », ordonna Berman, et Grigori

1. Sorcière des légendes russes. (*Toutes les notes sont du traducteur.*)

sortit en saisissant soigneusement l'anse de la bouilloire avec un chiffon.

« Je suis venue vous voir pour votre problème, Naoum Abramovitch, commença à lui dire l'infirmière. Pendant que votre fils n'est pas là, voici ce que je veux vous dire : j'ai une fille, une fille très bonne, calme, gentille. Et elle a la même maladie que votre fils. »

Berman tressaillit, voulut dire quelque chose, mais la douce Boukhara l'arrêta autoritairement et continua :

« Je suis malade. Je vais bientôt mourir. Je veux que ma fille se marie avec quelqu'un de bien.

— Ma chère ! » dit Berman en se frappant les mains de telle sorte que le gros livre s'étala lourdement par terre. Il se précipita pour le ramasser tout en continuant de lui répondre vivement sous la table. « Qu'est-ce que vous dites ? Qu'est-ce que vous croyez ? Qui va se marier avec lui ? Et vous parlez d'un mari ? Vous pensez peut-être qu'une jeune fille aura du plaisir avec lui, vous comprenez ce que je veux dire ? Hein ? »

Boukhara supporta sans rien dire toute cette réplique longue et superflue du vieillard, puis Grigori entra dans la pièce, s'assit sur une chaise, prit le chat sur ses genoux et se mit à le gratter derrière les oreilles. Boukhara le regarda de ses yeux vifs et attentifs et elle dit :

« Gricha, je veux vous inviter chez moi avec

votre papa. Je veux que vous rencontriez ma petite fille, Milka. »

Puis elle se tourna vers Naoum Abramovitch et lui dit carrément en yiddish :

« Quel mal y a-t-il à ce qu'ils se rencontrent ? »

En général, le dimanche, Boukhara restait au lit, faisait la grasse matinée, reprenait des forces. Sa peau s'était beaucoup assombrie et desséchée ; son visage avait tout à fait vieilli et même sa frêle silhouette avait perdu son élégance avec ses épaules tombantes et son dos voûté. Elle n'avait pas quarante ans, et seuls ses robustes cheveux noirs éclatants qu'elle avait courts depuis longtemps, ne supportant plus leur poids vivant et superflu, avaient gardé leur jeunesse.

Milotchka apporta à sa mère une tasse d'infusion brûlante, quelques abricots secs gonflés dans l'eau, et elle s'assit à côté du lit sur un petit tabouret bas, ses genoux bouffis entourés de ses bras. Boukhara caressa d'une main lasse ses cheveux jaunes clairsemés et dit :

« Merci ma petite fille. Je veux te dire quelque chose, une chose très importante. » La fillette leva la tête. « Je veux que tu aies un mari.

— Et toi ? dit Milotchka, surprise. Il vaut mieux que ce soit toi qui aies un mari. Moi, je n'en ai pas besoin. »

Boukhara sourit.

« J'ai eu un mari. Il y a longtemps. C'est à toi maintenant d'en avoir un. Tu es grande déjà.

— Non, je ne veux pas. Je veux être avec toi. Pas de mari, mais toi », répondit Milotchka en fronçant le visage.

Boukhara ne s'attendait pas à une telle résistance.

« Je vais bientôt partir. Je t'en ai parlé, dit-elle à sa fille.

— Ne pars pas, ne pars pas ! Je ne veux pas ! » répondit Milotchka en pleurant. Sa mère lui avait dit plusieurs fois qu'elle allait bientôt partir, mais elle ne le croyait pas et l'oubliait rapidement. « Mila n'a qu'à partir, elle aussi ! »

Quand Milotchka était émue, elle oubliait d'employer la première personne et, comme quand elle était petite, elle parlait d'elle à la troisième.

« J'ai longtemps, longtemps vécu avec toi. Tout le temps. Maintenant je dois partir. Tu auras un mari et tu ne seras pas seule. Pacha sera là, lui expliqua patiemment Boukhara. Un mari, c'est bien. Un bon mari.

— Mila est laide ? demanda la fillette à sa mère.

— Elle est belle, répondit Boukhara en caressant sa grosse tête ronde.

— Ne pars pas demain ! demanda Mila.

— Je ne partirai pas demain », lui promit Boukhara qui ferma les yeux.

Elle avait décidé depuis longtemps qu'elle irait mourir chez son frère aîné à Fergana, afin que Milotchka ne voie pas sa mort et qu'elle l'oublie peu à peu. Milotchka avait une petite mémoire et ne conservait pas longtemps le souvenir des gens ou des événements.

Tout se passa comme Boukhara l'avait projeté. Berman vint chez elle en compagnie de son fils et de sa sœur, une petite vieille aux allures de pissenlit. La veille, Pacha avait rangé l'appartement en râlant. Boukhara avait acheté un gâteau. Elle ne pouvait plus du tout faire la cuisine et n'approchait pas du fourneau tant elle se sentait mal à l'approche du feu et des odeurs de nourriture.

On but du thé. On discuta. Il se trouvait que la vieille femme était extraordinairement bavarde et posait un tas de questions étranges et absurdes auxquelles il était possible de ne pas répondre. Le vieux Berman buvait son thé d'un air pensif. Grigori souriait et ne cessait de demander à son père s'il pouvait reprendre un petit morceau de gâteau, et il mangeait avec passion en s'essuyant les mains à son mouchoir, à sa serviette, ou bien encore avec le bord de la nappe.

Boukhara voyait en lui, avec une profonde sympathie, tous les gestes délicats et appliqués de Milotchka qui avait très peur à table de faire une tache ou de laisser tomber quelque chose.

Milotchka descendit de sa chaise. Elle avait

une petite taille d'enfant, mais avec une poitrine de femme. Elle s'approcha de Grigori.

« Viens, je vais te montrer quelque chose », lui dit-elle, et il abandonna docilement le morceau qu'il n'avait pas fini de manger pour la suivre dans sa chambrette.

Sans transition, comme si elle s'adressait à elle-même, la petite vieille dit soudain :

« Peut-être a-t-elle raison... Et ils ont un très bel appartement, un appartement de général, on peut le dire... » et elle se mit à mâcher dans le vide.

Dans sa chambre, Milotchka étala ses innombrables albums pour Grigori. Il gardait dans la bouche une noisette du gâteau qu'il faisait tourner avec sa langue ; il admira les images, puis demanda à Milotchka :

« Devine ce que j'ai dans la bouche ? »

Milotchka réfléchit un peu et dit :

« Des dents.

— Une noisette », dit en riant Grigori qui sortit celle-ci de la bouche pour lui mettre dans la main.

Après avoir tout juste attendu la majorité de Milotchka, on les maria. Grigori s'installa dans la maison du docteur. Un mois après les noces, Boukhara partit dans son pays.

Dans les premiers temps, Milotchka disait tristement quand elle tombait sur les affaires de sa mère : « Le tablier de maman, la tasse de maman... » Mais ensuite, la vieille Pacha éloigna tous ces objets et Milotchka ne se souvint plus de sa mère.

Le matin, elle se rendait à l'atelier. Elle aimait découper des étiquettes : elle le faisait presque mieux que tous les autres. Gricha l'accompagnait tous les jours jusqu'au tramway, puis l'attendait à l'arrêt. Quand ils allaient dans la rue, main dans la main, la petite Milotchka avec ses chaussures à talons et la robe rose de petite fille de Boukhara, et son mari, Grigori, avec sa grosse tête chauve et duveteuse, l'un et l'autre portant de monstrueuses lunettes rondes qu'on leur avait délivrées gratuitement, il n'y avait personne qui ne les suive du regard. Les gamins leur criaient dans le dos des obscénités de rue.

Mais ils étaient si attentifs l'un à l'autre qu'ils ne remarquaient pas du tout l'intérêt déplacé des passants.

Ils marchaient jusqu'à l'arrêt. Milotchka grimpait maladroitement sur le marchepied élevé. Grigori la poussait par-derrière et agitait la main jusqu'à ce que le tramway fût dissimulé par le tournant. Milotchka agitait la main, elle aussi, collant contre la vitre son sourire épanoui et se dressant sur la pointe des pieds afin de voir son mari qui se tenait près de l'arrêt en agitant énergiquement sa grosse main...

Leur mariage était merveilleux. Mais il y avait

en lui un secret qu'eux-mêmes ne connaissaient pas : du point de vue des gens sains et normaux, leur mariage n'était pas véritable.

La vieille Pacha, assise sur le banc du jardinet, disait aux autres vieilles en prenant un air important :

« Qu'est-ce que vous comprenez, vous ?! Eh oui, Boukhara a été la plus intelligente de tous ! Elle a tout, absolument tout prévu ! Elle a marié Milotchka à un brave homme. Et quand elle est arrivée chez elle, là-bas... eh bien, cinq jours plus tard elle était morte. Vous pouvez toujours parler, vous ! »

Mais personne ne disait rien. Et il en était toujours ainsi.

Genele-la-Sacoche

Tante Genele[1] avait un tempérament de militante mais, comme les grandes causes ne lui avaient pas été échues, elle se consacrait bon gré mal gré à des problèmes relativement futiles : elle surveillait notamment la propreté du coin nord-ouest d'un square assez vaste à l'intérieur d'un pâté de maisons. En fait, elle aurait été de taille à s'occuper du square tout entier, mais elle avait préféré prendre une parcelle plus petite pour atteindre, là au moins, à la perfection. Tante Genele adorait la perfection.

À peine la boue commençait-elle à sécher qu'elle se traînait jusqu'à son poste — un banc qu'on n'avait pas encore peint, près d'une fontaine détruite —, en faisant patauger ses bottines dans les mares dissimulées sous les détritus laissés par l'hiver, et elle s'asseyait en attendant les contrevenants.

1. Nom yiddish prononcé Guénélé.

Le grand nettoyage de printemps avant les fêtes n'avait pas encore commencé et les allées étaient recouvertes de papiers de bonbon décolorés, de mégots boursouflés et de bricoles utilisées à la va-vite dans les amours sans toit.

Cétait une heure morte encore, et rares étaient les promeneurs qui allaient faire un tour dans le square, mais Genele commençait sa saison avec de l'avance, précédant le premier visiteur d'un jour ou deux.

Le premier à venir fut cette fois un homme qui portait une serviette : il s'assit non loin de là, alluma une cigarette et jeta l'allumette par-dessus son épaule. Genele tressauta de tout son corps comme un chien de chasse et, avec un sourire mièvre, ajusta son tir :

« Citoyen, vous avez une corbeille à deux pas. Ce n'est quand même pas difficile... »

Perplexe, le citoyen tourna vers elle un regard soucieux et absent :

« Excusez-moi. Vous avez dit quelque chose ?

— Oui, articula Genele distinctement et sentencieusement. Vous avez une corbeille à deux pas d'ici et vous jetez votre allumette par terre ! »

Il éclata de rire de manière inopinée, se leva, ramassa l'allumette dont la fraîche blancheur contrastait au milieu de la grisaille sombre des saletés, et la jeta dans la corbeille.

La vieille femme se détourna, déçue : ce n'était pas un gibier substantiel. L'homme tira quelques bouffées et partit après avoir jeté son mégot à l'endroit réservé à cet usage.

« C'est ce qu'il faudrait toujours faire », dit-elle sur un ton méprisant en guise d'accompagnement, absolument convaincue que, de toute façon, hors de portée de sa surveillance, il jetterait la prochaine allumette à côté de la corbeille.

Ensuite trois pigeons au plumage gonflé et hérissé arrivèrent à petits pas. Ils semblaient ivres. Genele sortit de son sac à provisions un pot de pain trempé qu'elle récupérait chez les voisins — il n'y avait jamais de restes chez elle —, elle écrasa le pain et en fit trois parts égales. Mais les stupides oiseaux ne comprenaient rien à l'équité, à moins qu'ils n'aient été des collectivistes convaincus. Ils se bousculaient pour se jeter tous les trois sur le tas le plus proche qu'ils picoraient avidement, sans remarquer les deux autres.

Genele essaya d'attirer leur attention sur la nourriture, mais, comme toujours, elle demeura incomprise.

Elle attendit l'heure du déjeuner et, quand un soleil souffreteux perça les nuages, elle se traîna chez elle sur ses jambes squelettiques et torses. Elle était d'une humeur parfaite : c'était la fin de l'hiver et elle était prise d'un élan d'enthousiasme. De plus, après le déjeuner commençait pour elle le moment de remplir son principal devoir existentiel : la visite aux différents membres de sa famille. Elle se rendait chez eux selon un schéma établi : sa sœur Maroussia, sa nièce Véra, sa nièce Galia, sa petite-nièce Tamara et son neveu Viktor formaient un premier cycle; le deuxième avait à sa tête son frère Naoum qui habitait avec son fils Grigori, un garçon célibataire, passablement raté. Suivaient son neveu Alexandre et sa nièce Raïa. Elle avait encore deux sœurs sans enfants, Motia et Nioussia, et le cercle de famille était fermé par Anna Markovna, une parente lointaine mais que Genele jugeait digne de ses visites.

Comme elle avait une assez grande famille, Genele allait habituellement dans chacune des maisons une fois par mois, tout au plus. Et tout le monde l'acceptait, comprenant qu'elle jouait un rôle de ciment qui permettait à la famille de ne pas se disloquer définitivement.

Petite, avec ses boucles blanches et ses vêtements propres, elle entrait dans la maison et proférait une phrase qui semblait à première vue un compliment, quelque chose comme :

« Maroussia, tu avais si bonne mine la dernière fois... »

Elle était sublime dans ce domaine : jamais elle ne disait à quiconque quoi que ce fût de désagréable : rien que des félicitations, légèrement putrides, malgré tout...

« Ah, si vous connaissiez le fils de Choura ! Il est excellent partout : que des 20 ! Mais vous savez quel est le niveau scolaire de nos jours ? »

« Ah, Galia ! Ton pâté est très bon ! Si tu

connaissais les petits pâtés au chou de Raïa, c'est tout simplement un délice ! » s'exclamait-elle en finissant de manger le pâté que Galia avait préparé.

Elle entrait dans une maison, enguirlandée de petits sacs à provisions, serrant sous son coude gauche une grande sacoche dont elle ne se séparait jamais. C'est pour cette raison qu'on lui avait attribué son surnom de « Genele-la-Sacoche ».

La sacoche en question avait été rapportée de Suisse avant la Première Guerre mondiale par une tante fortunée qui faisait des études de dentiste à Zurich. À l'origine, elle était brune, avec une riche nuance mauve et des reflets satinés. Les années passant, elle avait commencé par devenir plus sombre, presque noire ; puis, en même temps que sa propriétaire, elle avait grisaillé et fini par prendre une couleur jaunâtre indéfinissable et terne. Plusieurs fois elle avait été à la mode et ne l'avait plus été. Elle avait une couture profonde à l'arrière, effectuée par la main soigneuse de sa propriétaire : un jour, en quarante-quatre, cette sacoche avait été agressée par le couteau d'un voleur et en avait souffert. Sur la serrure, des lignes d'un modernisme finissant se tortillaient comme une plante indolente : les doigts fins et noueux de sa propriétaire s'emmêlaient aisément dans cette arabesque, et la peau usée de l'une comme celle de l'autre semblaient provenir du même animal disparu de la surface du globe.

Genele n'ouvrait jamais sa précieuse sacoche devant les gens, et c'est dans un de ses nombreux sacs à provisions qu'elle apportait une des gâteries qu'elle faisait elle-même, comme son chou à la provençale qu'elle accommodait d'après une recette insensée comprenant dix-sept ingrédients parmi lesquels il y avait des choses aussi bizarres que de la racine de persil, des raisins secs ou du zeste de citron.

Certains membres de sa famille estimaient que ce fameux chou était tout simplement du poison, mais il ne serait venu à l'idée de personne de refuser ce présent généralement fait d'un air mystérieux et ému.

La retraite de Genele, comme chacun sait, représentait une somme risiblement dérisoire ; elle ne se plaignait jamais cependant de manquer d'argent et gardait, au contraire, la dignité d'une parente fortunée. Elle instruisait ses nièces, et par la suite leurs filles, dans les lois subtiles de l'économie domestique, se considérant elle-même comme le coryphée de ce genre supérieur.

« Il faut acheter peu, mais ce qu'il y a de meilleur », enseignait-elle à ses nièces déraisonnables. Et un jour, elle donna à Galia, sa préférée, une inoubliable leçon sur la façon de faire les courses. Genele l'emmena au marché Tichinski, un dimanche, à la fin de la vente, une heure environ avant la fermeture du marché.

« Tout d'abord, il faut faire un tour complet et tout examiner soigneusement. Tu gardes en mémoire où sont les meilleurs produits. Au deuxième tour, tu sais déjà chez qui se trouvent les meilleures choses et alors tu t'intéresses aux prix. Au troisième tu achètes, et tu ne feras jamais la moindre erreur. »

Et Genele, les yeux étincelants, filait à travers le marché, regardait attentivement, vilipendait un produit, se félicitait du temps, souhaitait une bonne santé à une grosse Ukrainienne qui se hâtait d'aller prendre son train, et se débrouillait pour traiter quelque Asiatique mélancolique au long visage de « fou de toute sa tête ». Elle agitait les bras, tortillait le persil, expliquait en passant à Galia qu'il fallait choisir les carottes uniquement à bout rond, écrasait une aubergine flétrie, flairait de son nez pointu les cornichons « avec des petits boutons », comme elle disait, critiquait la saumure, écrasait entre le pouce et l'index une goutte de miel et chuchotait à sa nièce :

« Le miel pur pénètre dans la peau, sans laisser de trace : sinon cela veut dire qu'il est trafiqué ! »

Chez une grand-mère simplette de la banlieue de Moscou elle acheta des carottes, une betterave et deux navets pour la moitié d'un prix déjà réduit, et elle reçut en prime une dernière courgette tordue qu'elle mit dans son sac, la considérant comme une commission légitime pour les achats que payait Galia.

« Donnez-m'en cent cinquante grammes », demanda-t-elle à une vendeuse, laquelle, n'ayant pas l'habitude de couper des quantités aussi minimes, jeta sur le plateau de la balance une tranche de fromage frais qui en pesait presque trois cents.

« Pourquoi vous m'en donnez tant ? Il m'en faut cent cinquante grammes ! Je peux tout de même acheter ce dont j'ai besoin non ? » insistait-elle alors que la vendeuse flegmatique enveloppait le fromage dans du papier blanc et grognait avec mépris :

« C'est bon ! Ça ne va pas me ruiner. »

Et Genele, regardant triomphalement Galia, énonçait en chuchotant :

« Eh bien ! tu comprends ? Il faut avoir de la tête ! De la tête ! Je vois bien à sa façon de faire qu'elle est tellement paresseuse qu'elle a même la flemme d'en retrancher. D'ailleurs, ils ne peuvent pas en mettre cent cinquante grammes, il y en a toujours plus ! »

Le visage blême de Galia se couvrit de taches rouges de nervosité ; elle la supplia de partir, mais Genele était déchaînée. Elle voulait montrer son talent dans toute sa splendeur et, prise par son jeu, elle essaya de persuader la vendeuse du traiteur de lui faire cinquante kopecks de réduction sur le goulasch du jour...

Toute sa vie Galia se rappela avec terreur cette aventure et elle la racontait parfois à ses filles. Les sentences que Genele avait prononcées à ce marché devinrent dans la famille des plaisanteries traditionnelles. Dès qu'on parlait de carottes, un des enfants de la maisonnée demandait immanquablement : « Avec un bout rond ? » On distinguait les cornichons « à petits boutons » ou « absolument sans boutons »...

Et pourtant Genele vivait dans la misère la plus noire. Mais si quelqu'un y avait fait allusion devant elle, elle aurait été surprise. Parce qu'elle vivait exactement comme elle le voulait. Au milieu d'une quantité innombrable de gens sans ressources, soudés par des liens divers, elle était d'une telle indépendance dans sa solitude qu'elle concevait même ses visites à la famille comme un tribut donné à des gens qui avaient besoin de la voir, besoin de ses conseils et de ses recommandations.

Sa pauvreté était teintée d'une nuance de joie monacale ; la propreté des onze mètres carrés de sa chambre tout en longueur avait un air de fête et était même provocante : le napperon amidonné paradait avec une telle raideur sur la petite table aux pieds cirés ; la couverture blanche était si médicalement lissée sur le lit et les housses austères sur les deux chaises blanches étaient si officiellement accueillantes...

Dans sa fière pauvreté, elle suivait, sans y déroger, son principe essentiel : acheter ce qu'il y avait de meilleur. C'est pourquoi elle ne rechignait pas à se rendre tous les deux jours à la boulangerie Philippov pour y acheter les meilleurs kalatch[1] du monde, ce qui lui suffisait pour deux jours. Puis elle allait chez Elisséïev et y achetait cent grammes de gruyère. En matière de fromages, elle soupçonnait qu'il en existait de supérieurs. Mais ici, en Russie, le meilleur était ce gruyère, celui de chez Elisséïev.

Le reste de sa pitance était constitué par de la kacha et de la semoule dont elle disait modestement que personne ne savait mieux les préparer qu'elle. Et il y avait là quelque vérité. Elle assaisonnait sa kacha avec de l'huile du marché et grignotait un quart de pomme au déjeuner, ou un oignon, ou bien encore une petite carotte à bout rond.

Une fois par an, pour la Pâque, elle achetait une poule. De fait, cette poule était sa fête de Pâque. Le jour dit, elle se levait au petit matin, se préparait longuement et minutieusement, fourrait dans un solide filet en nylon une pelote de ficelle noire, une liasse de journaux, et à cinq heures du matin elle sortait de chez elle. Par le

1. Petit pain en forme de cadenas.

premier tramway, elle allait de Pokrovka au boulevard Tsvetnoï et arrivait au Marché central vingt minutes avant l'ouverture. Longtemps, parfois deux heures durant, elle attendait « son » marchand, un juif borgne et brun qui possédait une affaire rare de nos jours : il faisait commerce de marchandise vivante et caquetante. Apparemment, le vendeur était comme Genele : il avait des règles de vie tout à fait personnelles. Ainsi, il n'aimait pas poser sur son étal plus d'une poule à la fois. Genele, quant à elle, obéissant à ses propres règles, ne pouvait acheter une poule, même la plus merveilleuse qui soit, sans avoir tâté avec le plus grand soin toutes les autres.

Elle attendait que le vieillard défît sans se presser le grand chiffon gris attaché à un gros panier ovale et y plongeât la main à l'aveuglette pour en sortir la première poule par ses pattes attachées. Genele s'accoudait sur l'étal et disait, avec la voix indifférente de celle qui passe là par hasard :

« Ouais... Tu viens ici, mais on ne peut pas dire que tu te fatigues... C'est une poule ça ? »

Le borgne ne daignait pas répondre.

Serrant plus fort encore son coude gauche contre son antique sacoche, Genele saisissait la poule. Ses manipulations rappelaient plutôt un examen médical approfondi. Elle scrutait les yeux fixes de l'animal, ouvrait son bec, observait la gorge, palpait le poitrail et le croupion. Lui ayant écarté les ailes, elle semblait percer son âme d'oiseau avec un regard chargé de rayons X. Puis elle la repoussait négligemment.

« Et c'est tout ce que tu as ? » demandait-elle d'un air dédaigneux.

Sans rien dire le borgne plongeait la main dans le panier et sortait la suivante...

« Qu'est-ce que tu me montres là ? Enlève-moi ça tout de suite ! » disait Genele outrée. Et le vendeur, serrant ses lèvres déjà fines, en attrapait une autre sous l'étal...

Elle la choisissait, comme elle aurait choisi une fiancée pour son fils unique, avec le frisson d'une immense responsabilité et la peur de commettre une irréparable erreur. Elle se souvenait de son inexplicable parti pris pour celles qui étaient bariolées gris-noir, et elle essayait de conserver son objectivité afin que cette passion ne corrompît pas la justesse de son choix. Car la digne élue pouvait aussi bien être blanche que rouille foncé.

Le vieillard éprouvait à l'égard de cette cliente ergoteuse une irritation sourde mêlée d'un respect croissant. Il s'y connaissait, lui aussi, en matière de poules, ces respectables poules de la Pâque, des poules de premier choix nourries exclusivement au grain. Il savait bien que la vieille femme choisirait vraiment la meilleure et il supputait en son for intérieur laquelle serait l'objet de son dévolu. Il la connaissait depuis des années et savait qu'elle ne se trompait pas.

L'élue fut enfin trouvée. Il y eut un long marchandage. Genele trouva dans son inestimable sacoche des billets neufs et la « fiancée du tsar[1] », toujours dans cette position antinaturelle — la tête en bas — passa dans les mains de Genele qui l'enveloppa dans de multiples journaux, puis dans un chiffon blanc et propre, ensuite dans le filet et, pour finir, dans son sac à provisions.

Après toutes ces manipulations, Genele se rendit à la Malakhovka chez le boucher pour prendre place au milieu de deux dizaines de ses semblables qui faisaient la queue devant une petite remise située dans l'arrière-cour d'une robuste maison d'un étage ; elle déposa la victime muette dans les mains d'un petit juif bedonnant coiffé d'une kippa et attendit que le boucher récitât au-dessus de la poule une brève prière expiatoire et laissât échapper sa stupide âme de volatile — qui réside, disait-on, dans les quelques gouttes de sang qui éclaboussent le plateau de zinc à cause des battements de son cœur qui ne s'est pas encore arrêté.

Toutes les croyances compliquées des ancêtres, les innombrables restrictions et les interdits qui ont perdu au cours des millénaires le sens rationnel qu'ils avaient jadis étaient liés pour Genele à cet oiseau très pur et stupide qui incarnait l'agneau pascal...

1. Allusion à une célèbre légende russe.

D'ailleurs, c'est là que cessaient toutes les comparaisons dans la mesure où commençait une cuisine laborieuse. Dans les mains expertes de Genele une seule et unique poule se transformait en une multiplicité de mets : du bouillon avec des boulettes de matza qu'on appelle des kneidlech, un cou farci, des boulettes, du foie haché, et même de la viande en gelée. Comment y parvenait-elle ? Elle y parvenait... Au milieu de ces mets de poule, s'élaborait un poisson farci, ainsi que des noix de pâte confites dans le miel.

Ensuite le tout était mis dans des pots et des petites casseroles. Elle enveloppait ce qui devait rester au chaud. Tout était ficelé, calé avec des boules de papier journal, afin que rien ne se renverse, et emporté chez son frère Naoum afin de fêter la Pâque. C'est son frère qui achetait la bouteille de vin rouge[1].

À deux reprises, il avait été un veuf terriblement malchanceux. Après le décès de sa première femme, morte alors qu'elle était jeune encore, il s'était remarié afin que sa nouvelle épouse élève ses enfants en bas âge, mais elle fut peu après atteinte d'un cancer lent et pernicieux, et elle mit des années à mourir sans être d'aucune utilité à sa famille et en épuisant, au contraire, les dernières forces que Naoum perdait dans une vaine compassion. Sa déveine

1. Appelé « cahors » en russe, comme le vin de messe.

débordait sur ses enfants, particulièrement sur son fils Grigori qui était né beau et robuste, mais qu'un gros choc électrique avait rendu débile.

C'est dans cette maison éprouvée que Genele apportait ses cadeaux de Pâque afin de s'attarder tranquillement à la table de fête, une fois que Naoum avait récité l'histoire bien connue de l'Exode, et de jouir de cet ordre du monde judicieux où une place était réservée aussi bien aux vaines agitations, aux victuailles de fête bien méritées, qu'au Dieu Unique et à l'Ange qu'Il envoyait, tel un messager, faire le tour des maisons des enfants du peuple élu et au débile Grigori qui souriait joyeusement, le visage luisant de graisse de poule...

Seulement voilà, ce jour-là, avec ses trois sacs remplis de mangeailles pascales, Genele sortit de sa maison avec l'intention d'aller chez Naoum et elle ne tourna pas dans la bonne direction. Elle alla jusqu'au coin de la rue, chercha du regard l'arrêt de tramway, et elle ne le trouva pas. Elle ne reconnut pas le carrefour qu'elle connaissait presque depuis l'enfance.

« Mon Dieu ! Comment ai-je fait pour me retrouver dans une ville étrangère ! » pensa-t-elle effrayée, et elle se mit à tomber lentement en serrant vigoureusement contre elle la sacoche marron, sans relâcher de ses doigts crochus ses précieux filets.

C'est ainsi qu'une ambulance l'emmena avec

ses filets et son sac aux Petrovskiyé Vorota, les urgences de l'ancien hôpital Ekatérininski.

Il était arrivé quelque chose d'épouvantable à Genele : tout ce monde simple, solide et construit rationnellement avait perdu ses liens internes et était devenu méconnaissable. Elle voyait la pupille irisée, d'un vert chatoyant, du médecin qui était penché au-dessus d'elle, le col de sa blouse blanche luisant d'un excès d'amidon, les poils de barbe qui avaient poussé sur la joue brune pendant la journée de garde, les petits boutons du mur peint en blanc, le côté de l'armoire à médicaments et les croisillons de la fenêtre, mais ces détails étaient dispersés et ne formaient pas un tableau cohérent.

Genele voulait toujours aller jusqu'au bout de ses pensées, s'efforçait de mettre en mots une idée qui lui échappait, mais elle en était incapable. Il ne lui resta plus qu'à sentir qu'elle s'était égarée, la pauvre petite, qu'elle s'était perdue et qu'elle devait se presser d'aller quelque part pour une chose d'une grande importance. On lui avait retiré ses sacs et elle ne cessait de remuer les doigts de sa main gauche parce qu'elle avait la sensation qu'il lui manquait quelque chose.

Outragée, pillée, la petite Genele était allongée sur un lit étroit aux prises avec une douloureuse incertitude. Elle n'entendait pas les questions qu'on lui posait. Une infirmière d'un certain âge ouvrit sa sacoche brune et y plongea sa longue main. Le regard de Genele tomba sur la sacoche et elle se mit à verser lentement des larmes.

On la mit dans un box du service de neurologie. Son inquiétude ne cessait de croître. La pauvre Genele ne reconnaissait rien, comme si d'un seul coup elle avait oublié toute sa vie. Quand une fille de salle lui apporta de l'eau, elle ne se souvint pas tout de suite comment elle devait avaler. Elle prit de l'eau dans sa bouche et elle resta douloureusement coincée. La femme de salle expérimentée tapota sur sa gorge et elle avala.

Deux médecins discutaient dans la salle des internes pour savoir quelle partie de son cerveau était touchée. L'un considérait qu'il s'agissait d'une hémorragie du tronc cérébral, le second estimait qu'il n'y avait pas d'hémorragie du tout, mais qu'un puissant spasme vasculaire s'était produit, altérant l'irrigation du cerveau.

Tandis que les jeunes médecins discutaient de ce cas, Genele eut une éclaircie dans son esprit et le douloureux saute-mouton d'images incohérentes se ralentit à l'intérieur et à l'extérieur d'elle-même ; il en émergea une seule image, accompagnée du mot qui lui correspondait : la sacoche. Pas une sacoche en général, mais « la » sacoche, la sacoche brune. Elle dit d'une voix assez forte :

« La sacoche, la sacoche ! »

Et ses yeux étaient implorants.

« Je le disais bien : c'est un spasme ! dit d'un air triomphant le second. Elle a conservé la parole ! »

Jusqu'au plus profond de la nuit, elle cria cet unique mot qui lui restait. Elle essayait de se lever, de se sauver, elle se tordait et se démenait. Afin qu'elle ne tombât pas de son lit et pour éviter qu'elle ne se cassât quelque chose, on l'entoura d'un filet.

Mais la sacoche semblait déjà dans ses bras, elle ne voulait pas la rendre et ne cessait de crier : « La sacoche ! la sacoche ! »

Et elle savait que plus elle criait fort, plus cette vieillerie en cuir, avec ses arabesques tortueuses sur la serrure en corne, lui appartenait.

Et la voix tendre et triste de quelqu'un qu'elle connaissait ne cessait de lui dire :

« Laisse, laisse tomber ! »

Mais Genele refusa jusqu'au bout de se rendre. Elle mourut ainsi, la main gauche recroquevillée et les doigts repliés sur une serrure invisible.

Le lendemain, Galia et Raïa, ses nièces attristées, ainsi que le vieux Naoum avec son pantalon trop large et trop court, retirèrent à l'hôpital les affaires de Genele, telles qu'elles figuraient à l'inventaire. Galia prit la sacoche marron avec la petite somme d'argent qui s'y trouvait et qui avait été inventoriée séparément, et Naoum les victuailles de la Pâque qui arrivaient en retard.

Plus tard, quand il ouvrirait chez lui tous ces paquets, il découvrirait encore le thermos avec le bouillon refroidi, et les autres plats préparés par Genele seraient posés sur la table pour cet ultime repas funéraire qui serait une grossière transgression des coutumes juives, parce que depuis longtemps, après l'enterrement d'un proche parent, on devait faire un jeûne strict, au lieu de se gaver d'une bonne nourriture.

Raïa se rendit dans toutes sortes de bureaux lugubres pour s'occuper des formalités, et Galia alla au cimetière de Vostriakovo afin de savoir quels papiers étaient nécessaires pour mettre Genele à côté de ses sœurs, de ses frères et de ses parents.

Le soir, Galia, la nièce, arriva chez Naoum. La petite veilleuse qu'il allumait pour les anniversaires de la mort de ses parents brûlait dans la pièce. Ils s'assirent à une table bancale. Grigori alla mettre la bouilloire sur le gaz avec un sourire radieux. Quand il fut hors de la pièce, Naoum dit solennellement à ses nièces, en s'adressant principalement à l'intelligente et assez pédante Galia :

« Mes filles ! Genele est morte. Et elle n'a pas souffert. Que la terre lui soit légère ! Allez chez elle avant que les voisins ne dévalisent sa chambre et que le gérant de la maison ne mette les scellés, et cherchez bien !

— Qu'est-ce qu'il faut chercher, oncle Naoum ? demanda Raïa, perplexe.

— Premièrement, le testament... » Raïa haussa les épaules, mais Naoum continua sévèrement. « Deuxièmement, notre Raïa a hérité de sa grand-mère des boucles d'oreilles en diamants. Et des diamants gros comme ça ! » Il fit avec son pouce et son index un cercle où une noix aurait pu prendre place.

« De quels diamants parlez-vous, oncle Naoum, vous délirez ? dit Galia surprise. Vous avez toujours été misérables.

— Les choses sont ainsi : il y avait des boucles d'oreilles. De taille espagnole. Incomparables ! » Naoum embrassa le bout de ses doigts. « Que je meure si ce n'est pas vrai ! La grand-mère est morte chez Genele. Et Genele était une fille rusée, elle les a mises de côté. Quand les sœurs lui ont demandé, elle a dit qu'elle n'était au courant de rien ! Elle s'occupait de la grand-mère, la nourrissait, lui faisait la lessive, ça elle le savait. Quant aux diamants, elle n'était pas au courant ! Bien, vous me suivez ! insista Naoum. Cherchez dans le linge, dans les bas, là où les femmes cachent ce genre de choses, je ne sais pas moi... »

Galia regarda d'un air morose la fenêtre sombre et se leva :

« J'y vais, oncle Naoum. Sacha est en déplacement, les enfants sont tout seuls à la maison... »

Et elle partit.

Jusque tard le soir, Galia s'occupa avec une précision mécanique et sans âme de ces tâches ménagères féminines qui n'en finissent pas.

Puis elle s'assit, trouva la sacoche de la vieille Genele et la regarda tristement. Elle l'ouvrit. Il y avait quelques vieilles recettes, un trousseau de petites clés et un pot de crème de beauté enveloppé dans du papier parcheminé. Elle défit le papier. Le pot contenait une sorte de vaseline recouverte d'une épaisse couche oxydée.

« Pauvre Genele ! dit Galia avec commisération en déversant sur un journal toutes les petites choses de sa vieille sacoche. Qu'est-ce que je peux faire pour elle maintenant ? Rien... »

Et soudain elle eut une idée. Elle remit toutes ces vieilleries dispersées dans la sacoche.

Elle savait comment faire plaisir à Genele : quand on l'incinérerait, elle mettrait discrètement cette sacoche dans le cercueil...

C'est ce qui se passa : une petite fumée grise se dispersa au-dessus de la cheminée du crématorium Donskoï, et la vieille Genele prit tranquillement le chemin du ciel de sa démarche empressée, glissant vers une éclaircie et serrant contre son flanc gauche l'ombre de la sacoche où étaient conservées pour l'éternité les ombres des diamants, définitivement préservés des autorités et de la famille...

Et elle partit.

[illegible] sa leçon [illegible] avec une précision mathématique [illegible] après [illegible] [illegible] [illegible] pas.

[illegible] la [illegible] toute [illegible]. Elle [illegible] y avait [illegible] de [illegible] de [illegible] dans [illegible]. Elle [illegible] une sorte de [illegible] [illegible].

[illegible] avec commisération [illegible] toutes les [illegible] Qu'est-ce qu'il [illegible] faire pour elle [illegible] ? Rien.

[illegible] toutes [illegible] dans [illegible].

Elle savait comment [illegible] discrète[illegible] [illegible].

[illegible] sa [illegible] [illegible] Dorothée [illegible] Comte par [illegible] de [illegible] démarche [illegible] [illegible] la [illegible] des [illegible].

La parente pauvre

Si le vingt et un ne tombait pas un dimanche, Assia Chafran allait, dans le laps de temps vide entre le déjeuner et le thé, chez Anna Markovna, son arrière-cousine. Si le vingt et un tombait un dimanche, quand toute la famille était réunie, Assia venait le vingt-deux, le lundi, parce qu'elle était gênée par sa pauvreté et sa balourdise.

Vers quatre heures, elle sonnait à la porte ; quelques instants plus tard, elle entendait des pas lourds se rapprocher du fond de l'appartement et un « Qui est là ? » absurde parce que, d'après le ricanement stupide derrière la porte, mais aussi d'après la date, Anna Markovna aurait dû savoir que c'était Assia.

« C'est moi, Anetchka, j'étais dans le coin et je me suis dit que je pourrais passer te voir au cas où tu serais là... » disait Assia d'un ton volubile et sournois en embrassant la joue replète d'Anetchka sans cesser de ricaner... parce qu'il n'y avait rien de plus évident : c'était elle, Assia, la parente pauvre, venue chercher son allocation mensuelle.

Elles avaient été jadis dans la même classe au lycée, elles avaient eu le même uniforme gris-bleu confectionné par le meilleur tailleur de Kalouga, et portaient sur leur poitrine opulente le même insigne du lycée — «KJGS» —, préfigurant de nombreuses années à l'avance l'actuelle pléthore d'abréviations. Cependant, ces lettres fignolées ne signifiaient pas en russe *Soviet d'État des tanneries* ou des *chemins de fer* d'après le K et le J, selon la mode des années à venir, mais seulement *Lycée de filles Salovaïa de Kalouga* lequel, étant un établissement privé, se permettait d'accepter des filles de familles juives aisées dans une proportion qui pouvait suffire à la population juive clairsemée de Kalouga, ville entièrement russe, à moitié campagnarde avec ses chèvres insolentes qui erraient dans les rues de la future capitale de l'astronautique.

Anetchka avait été une excellente élève avec sa grosse tresse jetée par-dessus l'épaule : la première page de ses cahiers, particulièrement belle et soignée, ne se distinguait pas de la dernière. Assia n'avait pas l'ardeur d'Anetchka pour les études : les verbes français, les panoplies sans fin des dates et les jolis bibelots de théorèmes entraient par une oreille, à moitié recouverte par les spirales de ses cheveux clairs frisés à la diable, et sortaient par l'autre, dans la mesure où elle dessinait avec un crayon très pointu une caricature de l'exécrable professeur d'histoire, Sémione Afanassiévitch. Assia était alors une demoiselle vive, joyeuse et sympathique, mais personne, hormis Anna Markovna, ne se souvenait qu'elle avait été ainsi...

Stupidement maquillée, la tête légèrement tremblante, Assia ôta le manteau abricot, bordé de rubans de soie noire, qui avait appartenu à Anna Markovna : celle-ci lui donnait depuis toujours ses vieilles affaires et s'était depuis longtemps résignée à l'habileté avec laquelle, parfois d'un seul mouvement de ses mains expertes, Assia transformait ses respectables habits en oripeaux de folle. Les rubans noirs appliqués par Assia étaient décousus çà et là et formaient des nœuds et des boucles, et tout cet ensemble faisait penser à un ironique costume de carnaval sur la couverture d'un cahier de musique.

Une frange noire tombait de son béret vert sur son front, hybride de voilette et de floches, et il y avait sur ses lèvres un sourire embryonnaire et immuable, prêt à disparaître aussitôt ou à se dissoudre dans un ricanement contraint.

« Entre ! Assia », disait Anna Markovna en la faisant pénétrer dans la salle à manger avec une bienveillance pompeuse. Grigori Véniaminovitch, le mari d'Anna Markovna, était étendu sur un canapé recouvert d'une tapisserie. Il ne se sentait pas très bien, et il était parti plus tôt que d'habitude de l'université où il avait confié deux heures de son brillant cours d'histologie à son assistant, un homme très astucieux mais assez négligent.

Quand il aperçut Assia, il poussa un grognement maussade, lui demanda des nouvelles de sa santé et, sans attendre la réponse, il partit dans sa chambre qui était attenante à la salle à manger et ferma derrière lui la double porte vitrée.

« Gricha n'est pas très en forme, dit Anna Markovna pour expliquer sa présence aujourd'hui et sa façon de disparaître.

— Je reste juste une minute, ma petite Anna. Il y a des thermos chinois au passage Petrovski. J'en ai acheté quelques-uns, inventa-t-elle. Ils sont très beaux. Avec des oiseaux. Tu ne veux pas que je t'en prenne un ?

— Non merci. J'en ai un et, grâce à Dieu, il ne m'est d'aucune utilité. » Dans son esprit le thermos était lié aux visites à l'hôpital et non aux pique-niques à la campagne.

« Comment va Irotchka ? » demanda Assia à propos de sa petite-fille. Elle n'avait pas besoin à chaque fois de trouver des questions : elle l'interrogeait successivement sur tous les membres de la famille, et, en général, Anna Markovna répondait brièvement, se prenant parfois au jeu et mettant dans ses réponses des détails destinés à des interlocuteurs plus importants. Cette fois, la toute première question s'avéra opportune, parce que Irotchka avait annoncé la veille qu'elle allait se marier et toute la famille, qui ne s'y attendait absolument pas, en avait été sens dessus dessous et un peu chagrinée. Et c'est pourquoi Anna Markovna commença à parler de cet événement assez longuement, répartissant précisément dans deux colonnes les aspects positifs et les aspects négatifs.

« C'est un bon garçon, ils se connaissent depuis l'école ; il est, lui aussi, en deuxième année, à l'institut d'aéronautique ; il travaille bien ; physiquement, rien à dire, mais il est terriblement longiligne et maigre ; il est fou amoureux d'Irotchka : il téléphone cinq fois par jour. Il est musicien : bien qu'il n'ait jamais étudié la musique, il arrive et se met au piano et c'est superbe ; il joue d'oreille n'importe quelle mélodie. La famille... bon, tu comprends... » Assia secoua la tête pleine de compréhension. « Ce sont des gens très simples. Le père est syndic d'immeuble, invalide. On dit qu'il boit un peu. » À ces paroles Assia ricana assez opportunément et Anna Markovna poursuivit : « Mais la mère est une femme tout à fait comme il faut. Très digne. Quatre enfants : les deux aînés sont dans de grandes écoles, les deux derniers, des jumeaux — un garçon et une fille —, sont charmants. » Pour Anna Markovna tous les enfants sans exception étaient charmants. « Je les ai vus :

propres, soignés, bien élevés. Je connais la mère de Sérioja depuis longtemps : elle était secrétaire à l'école d'Irotchka. En tout cas, je ne peux rien en dire de mal. Il est très jeune, bien entendu, il n'a pas le sou, il va falloir les entretenir encore longtemps tous les deux, mais ce n'est pas le problème. Gricha estime qu'ils doivent habiter de leur côté. Louer un appartement ! Tu imagines ? Irotchka, qui doit étudier, va courir faire les courses, la cuisine, la lessive et pourquoi pas avoir des enfants... ? Elle laissera tomber son école ! Je ne me le pardonnerais pas ! »

Enfin, Anna Markovna se ressaisit et comprit qu'Assia n'avait absolument pas à savoir tout cela. Mais Assia restait avec un plaisir non dissimulé sur la chaise noire en chêne, sa joue maquillée appuyée sur sa main et, souriant de bonheur, elle battait des paupières d'impatience, à l'affût d'un blanc entre les mots d'Anna Markovna pour dire :

« Ania, mais ils n'ont qu'à habiter chez moi !

— Qu'est-ce que tu dis, Assia ? ! » répliqua-t-elle gravement après s'être représenté la longue chambre de celle-ci, rue Piatnitskaïa, au bout d'un couloir coudé, à côté de la cuisine. Une échoppe de brocanteur, pas un logement. Tous les murs étaient percés n'importe comment de clous de toutes les tailles ; à l'un était accroché un manteau d'homme, à l'autre un corsage, au troisième une carte postale ou une touffe d'herbe. L'odeur était impossible, un véritable asile de fous; et de plus, il y avait partout des piles de journaux pour lesquels Assia éprouvait une inexplicable passion...

Anna Markovna éclata de rire : comment avait-elle pu dans un premier temps envisager sérieusement une chose pareille?

En réponse à son rire, Assia se mit à rire, elle aussi, docilement, puis demanda :

« Et pourquoi pas? J'ai un petit paravent. Je leur préparerais à déjeuner. Ils n'ont qu'à vivre ensemble. »

Anna Markovna éluda la question :

« D'accord, ils se débrouilleront tout seuls. Irotchka a des parents en définitive. Pour une fois dans leur vie, ils devront réfléchir; parce que, tu sais, il a l'habitude (et sans s'en rendre compte, elle ne parla plus que de ce gendre qu'on n'aimait guère dans la famille) de se contenter de mettre les pieds sous la table... »

« Viens Assia, on va boire du thé! » proposa Anna Markovna, et elle cria à travers la porte ouverte : « Nina, mettez la bouilloire sur le feu, je vous prie! »

« Quoi de neuf de ton côté, Assia? demanda Anna Markovna d'un air poli et ennuyé.

— Je suis allée chez Bertha, hier. Elle veut acheter un manteau à Matthias, mais il ne se laisse pas faire. Raïa est arrivée de Leningrad et loge chez eux. Elle nous a montré des photos de ses petites-filles.

— Elles ont quel âge ? demanda Anna Markovna avec curiosité.

— L'une est déjà grande, elle a un petit ami ; l'autre a une douzaine d'années.

— Ça alors ! Comme les années passent ! »

Elles rabâchaient ainsi les histoires de famille, Anna Markovna avec condescendance, avec la sensation du devoir familial accompli ; Assia sincèrement et avec application.

Nina, la bonne, entra avec la théière et la posa sur un dessous-de-plat : c'était une belle fille avec une chevelure permanentée, éparpillée sur les épaules, et deux barrettes sur les tempes.

La conversation des deux dames se poursuivit en français, ce qui mettait toujours Nina dans une rage contenue, car elle était persuadée que sa patronne l'insultait en yiddish.

« C'est notre nouvelle bonne. Une très gentille fille. La nièce de Doussia, du même village qu'elle. Elle nous l'a envoyée en cadeau après son mariage, dit en riant Anna Markovna.

— Elle est très belle, dit Assia en jetant un regard admiratif sur Nina.

— Oui, répliqua fièrement Anna Markovna, une vraie beauté russe. »

Anna Markovna était la providence de ses bonnes, des filles de la campagne dont elle organisait la vie. Elles allaient à des cours du soir où

Anna Markovna les inscrivait obligatoirement, suivaient une formation, puis se mariaient et venaient la voir pour les fêtes avec leur mari et leurs enfants...

On buvait le thé dans de précieuses tasses bleues. Dans de petites assiettes à dessert roses, faites d'un verre si étrange qu'elles semblaient ébréchées, Anna Markovna mit de la confiture de groseilles à maquereau vertes, préparée selon une recette rare qu'elle considérait comme son apanage.

« Elle est magnifique ta confiture ! s'exclama Assia.

— Tu te souviens de nos cours d'économie familiale ?

— Bien sûr, c'était Lidia Grigorievna Salova qui s'en chargeait elle-même. J'étais toujours la plus mauvaise de toutes, confirma avec une fierté paradoxale Assia. Tu te souviens du gâteau d'anniversaire qu'on lui faisait pour le jour de sa fête ?

— Oui, oui, s'avisa soudain Anna Markovna en se rendant compte du temps qu'elle avait perdu pour rien. J'ai préparé deux trois choses pour toi. Voilà une chemise de nuit : tu l'arrangeras un peu, elle est solide. Les gants en poil de chameau de Gricha, et des petites choses en plus », dit-elle sans entrer dans des détails humiliants, dans la mesure où étaient empilées sur une chaise des culottes de femme rapiécées...

Un sac préhistorique avec une grande serrure en écaille sur les bords avala à la hâte tous ces chiffons ainsi que quatre morceaux de gâteau enveloppés dans une serviette, et un pot de poisson. Leur rencontre d'une heure approchait de son point culminant et de son dénouement. Anna Markovna se levait, allait dans la chambre, y faisait cliqueter les clés de l'armoire et, une minute plus tard, en rapportait une enveloppe grise préparée à l'avance avec un beau billet de cent roubles, des anciens roubles, cela va de soi.

« Cest pour toi, ma petite Assia », disait-elle en lui donnant cette enveloppe avec une certaine solennité. Assia, qui était beaucoup plus grande qu'Anna Markovna, rougissait comme une fillette et se voûtait pour conférer à l'événement de justes proportions : elle, la petite Assia, recevait un cadeau de sa cousine, son aînée. Elle prenait l'enveloppe dans ses deux mains ; le sac bourré à craquer était suspendu à son poignet replié, et elle essayait en même temps de le décrocher et de le dégrafer pour fourrer la grande enveloppe dans le sac qui débordait...

La rencontre était terminée. Anna Markovna accompagnait son invitée dans l'entrée, l'embrassait avec une sincérité vacillante sur sa joue maquillée, et Assia, éprouvant un soulagement qui entamait légèrement son amour sincère et son respect infini pour son arrière-cousine, dévalait presque en sautillant l'escalier du premier étage, trottait sur ses jambes grêles et légères le long de la rue Dolgorouki jusqu'au Sadovoïé Koltso, et arrivait exactement quarante minutes plus tard à la rue Kostianski, chez son amie Maroussia Fomitcheva.

Elle déchargeait ses somptueux cadeaux sur la table branlante appuyée contre un mur humide. Après avoir hésité un instant sur les gants en poil de chameau, elle les sortait, et glissait sous la pile de linge rapiécé la grande enveloppe grise.

« Ah, la la ! Assia Solomonovna, tu me gâtes », grommelait la petite vieille chiffonnée et à moitié paralysée.

Et Assia Chafran, notre parente simplette, était rayonnante.

Les bienheureux

Tous les dimanches Bertha et Matthias se rendaient chez leur fils. Bertha faisait des sandwiches, remplissait le thermos de thé et serrait soigneusement avec une ficelle de papier un balai de branches de bouleau. Elle prenait un pot à confiture — au cas où — et rangeait le tout dans un sac que Matthias avait réparé. Matthias lui tendait son manteau, ou son imperméable, ou bien encore sa veste, et ils allaient acheter des fleurs au marché. Puis ils attendaient longuement à la station un hypothétique tramway.

Les années passant, Matthias s'était ramassé et ressemblait de plus en plus à une armoire en acajou ; sa nature de roux se devinait à son visage rose foncé et aux taches de rousseur sur les mains. Bertha avait été autrefois de la même taille que lui, semble-t-il, mais elle le dépassait maintenant d'une demi-tête. À la différence de son mari, avec les années, elle paraissait un peu moins laide. Ses grandes moustaches molles, qui avaient gâché son visage dans sa jeunesse, étaient moins saillantes, bien qu'elles fussent devenues très broussailleuses.

Ils étaient longuement secoués dans le tramway où il faisait chaud ou froid selon la saison, mais où l'on étouffait toujours. Ils étaient assis comme pétrifiés — on leur cédait toujours la place. D'ailleurs, quand ils s'étaient mariés, on leur cédait déjà la place.

La route les conduisait, sans le moindre imprévu, à une enceinte de briques, les faisait passer sous un arc, et les laissait, au milieu de la végétation ou de la neige, ou bien d'un tendre brouillard humide, sur un chemin triste et propret où de vieilles connaissances les accueillaient de part et d'autre : Isaac Bentsikovitch Halpérine, aux petits yeux vifs, avec des joues d'un rouge framboise crépusculaire et une calvitie bleue, et son épouse, Faïna Lvovna, femme parcimonieuse, à la bouche solidement cadenassée et aux mains tremblantes ; l'ingénieur en chef Ivan Mitrofanovitch Semerko, aussi large d'épaules qu'Ilia Mouromets — il joue de la guitare et chante merveilleusement, et il est si jeune, le pauvret ; et puis le petit Borienka Mednikov — deux ans et deux mois —, avec son air indéfinissablement distrait, à côté de sa grand-mère et de son grand-père, tout effacés ; la famille Kraf, peu sympathique — des gens massifs et pataudS, au corps blanc, dont les patronymes étaient écrits en lettres gothiques d'une élégance maniérée ; les vieux Rabinovitch, extraordinairement accueillants, aux noms qui se faisaient écho — Khaïa Rafaïlovna et Khaïm Gabriilovitch —, toujours enlacés, les cheveux gris clair et également dégarnis dans leur vieillesse, secs, légers, avec un air presque jubilatoire, qui se sont envolés d'ici-bas le même jour, laissant pantois tous les témoins de ce miracle...

Après le tournant, le chemin devenait plus étroit et les conduisait directement chez leur fils. Le petit Vova Lévi — sept ans et quatre mois — les accueillait depuis de nombreuses années avec un sourire choisi pour l'occasion, ses lèvres écartées dévoilant une rangée de dents de lait carrées au milieu desquelles béait le trou noir d'une d'entre elles qui venait de tomber.

Toutes les innombrables expressions de son visage large et gentil, comme pour se venger de n'avoir pas été choisies pour représenter le garçon, avaient disparu et s'étaient évaporées de façon imperceptible, laissant une fois pour toutes ce sourire unique.

Bertha attrapait le balai ficelé, le défaisait, pliait en quatre le journal dans lequel il était enveloppé ; Matthias balayait la poussière ou la neige du banc vert et rustique. Bertha étalait le journal plié et s'asseyait. Ils se reposaient un instant, puis mettaient en ordre les lieux, habilement, sans se presser, mais vite, comme de bons maîtres de maison.

Sur une petite table rectangulaire, Bertha étalait une serviette en papier, versait du thé dans les bouchons de plastique glissant, posait une petite pile de sandwiches qu'elle venait de faire, tous pareils. C'était leur collation familiale du dimanche, devenue au cours de ces longues années le cœur de tout un rituel qui débutait par l'emballage du balai et prenait fin quand Bertha revissait le bouchon sur le thermos vide.

Aucune parole ne venait rompre inopinément le silence profond rempli de souvenirs communs ; d'autres heures et d'autres années avaient été consacrées aux paroles. Après avoir servi leur messe, ils partaient, laissant derrière eux une odeur de sol fraîchement lessivé et de chambre aérée.

À la maison, au déjeuner, Matthias buvait sa demi-bouteille de vodka dominicale.

Par trois fois, il remplit son grand gobelet d'argent au motif grossier, le gobelet pascal du père de Bertha ; par trois fois, ne trouvant d'autre réponse, Bertha soupira aussi profondément qu'une vache. Puis elle emporta la vaisselle à la cuisine et la nettoya d'une façon particulière — avec du savon et de l'ammoniaque ; elle l'essuya avec un vieux torchon propre, et ils se couchèrent dans leur lit conjugal haut perché.

« Oh ! tu es vieux, chuchota Bertha en recouvrant ses petits yeux de ses grandes paupières.

— Ce n'est rien, ce n'est rien », grommela-t-il en attirant vers lui de sa main gauche sa femme qui s'était écartée.

Ils firent leurs rêves dominicaux, les rêves qu'ils avaient l'habitude de faire après les repas, sur les huit années de grand bonheur qu'ils avaient vécues à trois à partir de ce jour ineffaçable, plein de bouleversements où, tourmentée par de mauvaises pensées, elle était partie avec sa poitrine enflée et d'autres malaises, chez une cancérologue, sans rien dire à son mari. La vieille doctoresse, la sœur d'une de ses amies, la palpa longuement, appuya sur ses seins et, après lui avoir posé quelques questions d'une crudité médicale, lui dit :

« Bertha, tu es enceinte, et de plusieurs mois. »

Bertha s'était assise sur la chaise sans remettre son soutien-gorge et avait éclaté en sanglots, avec son visage de vieille femme froncé. De grosses larmes coulaient rapidement sur ses rides, le long des joues, ralentissaient sur les moustaches, et tombaient, froides, sur sa grande poitrine blanche aux tétons noirs et retroussés.

Matthias la regarda d'un air étonné quand elle lui en parla : il y a longtemps qu'il le savait parce que sa première femme lui avait mis quatre filles au monde, mais les fumées de leurs corps s'étaient depuis longtemps dispersées au-dessus des champs blêmes de Pologne. Il avait compris, à sa façon, le silence de sa femme — qu'y avait-il à dire ? — et il ne pouvait imaginer qu'elle-même l'ignorât.

« J'ai quarante-sept ans et tu en auras bientôt soixante. »

Il avait haussé les épaules et lui avait dit tendrement :

« Cela veut donc dire que nous sommes de vieux crétins, et que maintenant que nous sommes âgés, nous allons être parents. »

Longtemps ils ne purent se décider sur le prénom de leur garçon, et jusqu'à deux mois ils l'appelèrent *yingele* autrement dit « garçon » en yiddish.

« Il serait judicieux de l'appeler Isaac, disait Matthias.

— Non, on n'appelle pas les enfants comme ça de nos jours. Yakov, ce sera mieux, en l'honneur de mon défunt père.

— On pourrait l'appeler Yehouda, il est roux.

— Ne dis pas de bêtises ! C'est un très bel enfant, d'accord, mais on ne va quand même pas l'appeler Salomon ! ? »

On l'appela Vladimir, Vovotchka en famille : aussi silencieux que Matthias et aussi doux que Bertha.

Quand il eut cinq ans, son père commença à lui apprendre ce qu'on lui avait appris à son âge. En trois jours, le garçon avait assimilé les lettres biscornues, qui ne se différenciaient pas plus les unes des autres que des fourmis, et une semaine plus tard il commençait à ânonner le livre que toute sa vie son père avait lu de droite à gauche. Un mois plus tard, il déchiffrait facilement les livres russes également. Bertha partait dans la cuisine et, désolée, faisait la vaisselle.

« Oh ! quel garçon, mais quel garçon ! »

Elle l'admirait et, en même temps, elle était effrayée de ce que le garçon exhalait : ce filet d'air froid à peine perceptible qui en hiver se détache du châssis calfeutré de la fenêtre et effleure, telle une piqûre, la main nue surchauffée.

Elle faisait sa vaisselle, fouettait la crème, comme ses voisines ne savaient pas la fouetter, cuisait des gâteaux et mitonnait des pâtés. Elle était devenue un peu folle des recettes de cuisine et avait complètement oublié l'humble semoule qui reste attachée sur le fond des plats en aluminium, la soupe de légumes liquide qu'elle faisait avec de jeunes orties brûlantes qu'elle arrachait dans l'arrière-cour d'une maison d'un étage en ruine où avaient vécu d'abord quarante-huit puis, à la fin de la guerre, quatre-vingts enfants, éternellement affamés, malades et sales. Elle avait oublié la tête bleue et tendrement rugueuse des garçons, leurs oreilles pitoyables qui pendaient dans leur nudité, les fines clavicules et les veines bleues sur le cou des filles. Son amour démesuré pour tous ces enfants en général s'était maintenant concentré, comme un rayon d'une puissance démesurée, sur Vovotchka.

Chaque jour de sa vie, elle jouissait de la proximité de ce garçon roux et dodu, lui touchait souvent les mains pour se persuader qu'il était là, avec elle. Elle le baignait, il pleurait, et elle regardait pleine d'admiration ses grands pieds disproportionnés et le petit bout secret.

Quand il grandit, elle observa avec la même admiration ses jeux d'enfant qui ressemblaient à un travail véritable et ennuyeux : des heures entières, il tressait avec des bandes multicolores de petits tapis qu'il réunissait adroitement. Matthias, un tailleur de Varsovie de l'école française, travaillait dans un atelier réservé aux privilégiés et apportait des chutes de tissu à son fils. Il l'aidait lui-même à découper des rubans...

En son for intérieur, Bertha était gênée par cet amour qui augmentait exagérément ; elle le considérait même comme légèrement coupable. Peu encline à l'auto-analyse, elle ne poussait pas ses sensations jusqu'au seuil où il faut les nommer, et elle vivait en évitant intérieurement d'y arriver.

Matthias revenait de son travail, mangeait et s'asseyait sur le canapé. Vovotchka s'installait à ses côtés, comme un petit gâteau cuit avec le reste de pâte du gros gâteau roux assis à côté de lui. Ils lisaient, discutaient, et Bertha s'en allait superstitieusement faire sa vaisselle rutilante.

Dans ses rêves, elle entrait dans son passé aussi facilement que dans la pièce voisine, elle s'y déplaçait aisément, et elle respirait avec bonheur le même air que son fils. Son mari, Matthias, avec ses moustaches taillées à la Staline, était présent sans rien dire, comme le détail essentiel d'un décor. Ces rêves ressemblaient à un spectacle au charme enivrant, maintes fois vu et donné longtemps, très longtemps, jusqu'à ce qu'il se termine à jamais un quart d'heure avant que Bertha n'emporte de la cour, dans ses bras tendus, Vovotchka, pâle, une égratignure encore humide sur la joue, trace de ses travaux du matin sur un avion modèle réduit qui était venu remplacer les petits tapis subtilement tressés. Le col de sa chemise rayée était déboutonné et sur son cou, entièrement dénudé et allongé à cause de sa tête renversée en arrière, pas une seule veine ne battait.

Tout s'était passé en un instant et rappelait une mauvaise affiche : le grand ballon rouge et bleu avait brusquement roulé au milieu de la rue, suivi par le garçon qui avait filé, comme propulsé par une fronde ; des pneus avaient crissé, ceux du seul véhicule qui fût sans doute passé ce dimanche matin. Le ballon avait continué son mouvement paresseux, après avoir coupé la route au camion et perdu tout intérêt pour son mouvement. Le garçon, lui, les jambes écartées, était allongé sur le dos dans une ultime immobilité, encore parfaitement sain ; il n'y avait pas la moindre éclaboussure de son sang jeune dont la circulation n'était pas encore arrêtée à l'extrémité des doigts, mais qui était déjà inéluctablement mort.

Matthias était debout près du petit miroir mural, les joues pleines de savon, le menton en avant et, écartant la main droite qui tenait le lourd rasoir, il s'essayait à un endroit délicat sur le cou...

Les vieillards s'étaient réveillés à sept heures passées. Bertha avait enfoncé ses pieds gris dans des chaussons de fourrure et était allée mettre la bouilloire sur le gaz. Ils étaient assis à une table ronde, recouverte d'une nappe aussi rêche que du contre-plaqué. Au milieu de la table trônait une coupe sortie du buffet avec du pain d'épice maison. Dans un coin, derrière le dos de Matthias, il y avait une chaise d'enfant sur laquelle était suspendu depuis quinze ans un petit blouson marron qu'il avait taillé de ses propres mains dans une de ses vestes. L'épaule gauche — celle qui était tournée vers la fenêtre — avait perdu ses couleurs, mais maintenant, à la lumière électrique, on ne le remarquait pas.

« Allez, distribue ! » dit Bertha, et elle tendit la main vers les cartes. Matthias les battait.

La maison de Lialia

Olga Alexandrovna — en famille on l'appelait Lialia — avait un caractère en or. Belle et légère, elle ne demandait pas grand-chose à la vie, mais ne laissait pas échapper ce qui lui passait entre les mains. Elle s'entendait bien avec tout le monde : son mari Mikhaïl Mikhaïlovitch, un universitaire indolent et terne, vieilli prématurément ; son fils Gocha, qui était en première ; les gens les plus divers, même ses collègues femmes fort médisantes de l'université, ses amants qui ne disparaissaient pas mais se remplaçaient deci de-là en se bousculant légèrement.

Seulement voilà ! Avec sa fille Liéna, les relations étaient difficiles. Elle était le portrait de son père — la même indolence, un visage bouffi et indéfinissable. Son arrière-train était proéminent et sa petite poitrine n'était pas à la mesure de l'ensemble de sa silhouette. L'allure banale de sa fille, son aspect apathique, ses cheveux blondasses révoltaient Olga Alexandrovna au plus profond d'elle-même. Il lui arrivait d'agresser Liéna : elle exigeait fermement qu'elle se soucie de son apparence ; elle la forçait à s'habiller élégamment, et il y avait fort à faire. Mais Liéna se contentait de s'énerver et de se renfrogner, pleine de mépris. Elle prenait sa mère en grippe et était secrètement dépitée que ce ne fût pas elle, mais son frère qui ait hérité de Lialia ses yeux lumineux, ses sourcils nets et son nez régulier, ses dents d'une robuste blancheur.

De plus, certaines rumeurs concernant les aventures hétéroclites de sa mère s'étaient insinuées jusqu'à elle : à vingt-deux ans, elle avait terminé la grande école où son père dirigeait une chaire et où sa mère enseignait la littérature française. Vis-à-vis de son père bien-aimé elle éprouvait aussi parfois une irritation hargneuse et était scandalisée par la tolérance immorale de sa conduite : ainsi, pourquoi acceptait-il les rires de Lialia au téléphone, ses absences, ses mensonges et sa coquetterie sans discernement avec tous les individus de sexe masculin, jusques et y compris le policier du commissariat et le matou des voisins...

D'ailleurs, l'âge même de sa mère semblait à Liéna avoir dépassé depuis longtemps la limite où les flirts, les aventures et toutes ces bêtises sont permis.

Mais Lialia avait une subtile théorie du mariage, d'après laquelle les tromperies conjugales ne faisaient que le renforcer, en suscitant chez les époux un sentiment de culpabilité qui cimentait tendrement toutes les lézardes ou les brèches dans les relations. Lialia ne supportait pas les drames, ne se liait jamais d'amitié avec des femmes enclines aux souffrances amoureuses et au pathos romantique, et son expérience de la vie la confortait dans la justesse de ses convictions. Son propre bonheur familial se multipliait en un bonheur extrafamilial. À côté d'une saine famille harmonieuse, elle avait des rencontres automnales sur les bancs des jardins, de furtifs attouchements de genoux lors des réunions des professeurs de chaire, des baisers dérobés sous les porches et des fêtes torrides célébrant une double tromperie — celle de son mari et d'une amie avec le mari de laquelle elle s'accouplait de manière fugitive et lumineuse dans quelque heureux endroit de fortune...

L'hostilité de sa fille chagrinait Lialia. Elle rêvait que sa fille se trouvât un amant et devînt un peu plus humaine. Mais la fille intelligente se comportait envers sa mère avec une condescendance sarcastique, et elle expliquait à sa meilleure amie :

« Tu vois, ce sont des clichés vulgaires de leur jeunesse. Dans ce milieu d'intellectuels, d'universitaires, l'exigence de liberté se concrétisait d'abord dans la débauche. Oui, oui, ajoutait cette vilaine gamine, durant leurs inoubliables années soixante, ils étaient tous dissidents ou débauchés... Soit l'un, soit l'autre... » Liéna roulait légèrement des yeux : « Je pourrais écrire toute une thèse dont le sujet serait : "Les particularités psychologiques des anciens des années soixante". »

Soit dit en passant, elle avait un autre sujet de thèse. Telle était la bombe ambulante qui se trouvait en permanence dans la maison d'Olga Alexandrovna. Il n'était pas étonnant que les relations avec son fils lui aient donné tellement plus de satisfaction... Tout en ressemblant extérieurement à sa mère, il avait hérité de son père un esprit pédant et avide de connaissances, un penchant pour le dogmatisme et, dans les choses pratiques, une bonne dose d'orgueil masculin. Mais ce qui liait avant tout Olga Alexandrovna à son fils était un don fort rare — divin ou diabolique ? —, le don de charmer. Dès son plus jeune âge, ses camarades se faisaient concurrence pour être à côté de lui, partager le même pupitre, porter son cartable ou lui passer le ballon... C'est pourquoi la maison du professeur était toujours pleine de monde. Les voisins, d'anciens étudiants, les amies de Lialia de toutes les époques de sa vie et de tous les genres, depuis la manucure jusqu'à la femme de ministre, les camarades de classe de Gocha, les gamins de l'immeuble, mais aussi un tas de gens qui passaient là par hasard, sortis d'on ne sait où.

Les deux grandes bouilloires ne quittaient jamais le gaz. À la maison, on achetait de la nourriture bon marché et en grandes quantités. Le professeur, qui passait la plupart de son temps dans son bureau, au fin fond de l'appartement, d'où parvenait le crépitement faible et arythmique de la machine à écrire, se faufilait plusieurs fois par jour dans la cuisine, buvait un thé léger avec un sourire indéfinissable en avalant une tartine de fromage et, après avoir écouté quelques conversations non dénuées d'intérêt, se retirait de nouveau dans son bureau. Il aimait le vacarme de cette cuisine chaude, et sa belle femme qui ne faisait pas son âge, et toute cette atmosphère d'éternelle veille de fête ; mais il aimait plus encore fermer la porte derrière lui et se plonger dans les pièces, interminables et dont personne n'avait cure, de Tirso de Molina, qu'il avait traduites toute sa vie durant avec une obstination pénible et malsaine.

Un jour d'automne, un nouveau personnage apparut dans la cuisine du professeur : un adolescent asiatique raffiné du nom de Kaziev, le nouveau camarade de classe de Gocha. Grâce à un échange ou à l'aide de quelque combine du comité de district, sa famille s'était installée dans l'appartement qui s'était libéré au troisième étage du même escalier et qui représentait exactement la moitié de celui du professeur : la seconde moitié avait été séparée par une cloison et donnait sur l'escalier principal, alors que les nouveaux locataires avaient leur entrée uniquement par l'escalier de service.

Cette famille avait attiré la curiosité des habitants. Là, dans une ruelle du vieux Moscou sur laquelle les acteurs avaient depuis longtemps jeté leur dévolu, laissant pour la plupart leur nom fameux sur les plaques des alentours, on avait le goût de l'extravagance. Les nouveaux venus étaient des gens du cirque. Le chef de famille, le célèbre illusionniste Kaziev, était un rustre oriental, un individu qui n'avait qu'une existence nominale dans la mesure où, ayant installé sa famille dans le nouvel appartement, il avait emménagé chez sa concubine, une fille du corps de ballet. *Maman*, comme Kaziev appelait sa mère, était l'assistante de son illusoire illusionniste de mari et, quand elle enlevait ses habits dorés et le rouge qui entourait largement ses lèvres fines, elle se transformait en une petite blonde nerveuse et grincheuse aux yeux hargneux et malheureux.

Mais le garçon était merveilleux. La noirceur rustre du père s'adoucissait chez lui en une carnation persane, brune et profonde ; sa peau mate et hâlée était si tendue sur le front et les pommettes qu'elle paraissait presque trop serrée. Il avait déjà une taille d'adulte, mais son ossature ne s'était pas encore épaissie, et ses longues mains étaient véritablement d'essence royale, de sorte que tous ceux qui les remarquaient avaient aussitôt envie d'enfoncer les leurs dans leurs poches...

À l'école sa venue avait brisé toute la hiérarchie établie. Les filles avait cessé de faire des yeux doux dans toutes les directions pour tomber, toutes sans exception, amoureuses du nouveau, et les garçons s'étaient décarcassés pour le remettre à sa place. Il avait cependant vaincu, sans se battre. Il se trouve qu'il était du cirque, comme ses parents. Cela voulait dire que, à la différence des écoliers normaux, il avait une profession, depuis plusieurs années déjà : il partait de temps en temps en tournée, savait beaucoup de choses du mystérieux métier du spectacle, et suivait les cours de temps à autre. Il n'était pas entré à l'école du cirque en raison de sa décision fantaisiste d'étudier coûte que coûte au GITIS[1] en passant un concours spécial pour les régisseurs de cirque qui n'avait lieu, en tout et pour tout, qu'une fois tous les trois ans...

De la sorte, il s'était immédiatement trouvé hors compétition, et si l'on ajoute à cela son indifférence sincère vis-à-vis du rôle de héros de la classe, il était naturel qu'il obtînt sans combattre cette primauté qui ne présentait rien d'attirant pour lui.

Le seul avantage dont il profitait était celui de

1. Institut d'État d'art théâtral.

pouvoir se choisir ses amis. Il avait choisi Gocha et s'était quasiment installé dans sa cuisine.

Ils restaient également de longues heures dans la chambrette de Gocha qui avait jadis été prévue pour être une chambre de bonne. Ils lisaient et discutaient. Kaziev lisait ; Gocha parlait.

Élevé au milieu des piles de livres d'une famille d'humanistes héréditaires, sous l'action des hasards de la configuration des astres ou des livres sur les rayons des bibliothèques, Gocha s'était construit une vision du monde bizarre. Il se qualifiait de socialiste chrétien, étudiait Marx et saint Augustin, et cette combinaison fantasque avait fait naître en lui un orgueil de snob.

Il se sentait initié à l'ordre qu'il s'était créé lui-même et était imprégné des pieds à la tête de l'importance de cette auto-initiation.

Plusieurs camarades de classe de Gocha étaient passés dans sa charmante maison, mais il n'avait recruté ni partisans ni disciples.

En tant que nouveau venu, Kaziev avait, lui aussi, écouté d'un air pénétré mais attentif un cours embrouillé et inspiré sur le socialisme scientifique. Quand Gocha avait terminé, Kaziev avait dit :

« C'est divertissant... Quoique, à vrai dire, ce ne soit pas l'intellectuel, mais le corporel qui m'intéresse. L'intellectuel, ça vaut ce que ça vaut, et tout ce social, ce politique, pour moi ce sont des vieilleries, tu comprends ? »

Puis il retira ses bottines, se dressa dans l'étroit passage entre le canapé et la vieille armoire et fit un double saut périlleux.

Ni la réplique de Kaziev ni cette cabriole imprévue n'avaient laissé de place aux exploits intellectuels de Gocha. Tout s'en était aussitôt allé en fumée.

« Tu comprends, depuis mon enfance je travaille sur mon corps, lui expliqua Kaziev. J'avais, par exemple, un mauvais étirement. J'ai travaillé, et j'ai réussi à faire le grand écart. Je peux tout faire avec mon corps. » Il se caressa la poitrine. « Toi, avec tes théories, qu'est-ce que tu veux ? Tirer sur le tsar ? Organiser une révolution ? Non, c'est sans intérêt... Maintenant je suis demandé pour quatre numéros : équilibrisme, voltige et deux groupes de gymnastes aériens. C'est aussi sans intérêt. J'ai essayé le yoga. Ce n'est pas ça non plus. Mon corps a besoin d'autre chose. J'ai aussi regardé des trucs chinois. Il y a des choses à prendre... » Et il poursuivit avec une inspiration soudaine et imprévue : « Il me semble que, si l'on appréhende correctement la question, on doit pouvoir voler... Ce doit être aussi simple que, mettons... que de coucher avec une femme. » Et il ajouta mélancoliquement : « Il faudrait seulement savoir comment... »

Gocha eut le souffle coupé. Fourier comme le bienheureux saint Augustin avaient pâli. C'était trop inattendu. Et de plus, le rappel des femmes, en passant, avait secrètement blessé Gocha qui traînait depuis longtemps un riche système théorique en la matière, combiné à une totale absence de la plus misérable des expériences pratiques. Il avait soudain finement ressenti que ses investigations scientifiques souffraient, elles aussi, d'un manque de vie, étrangement lié aux femmes, à leur simple et forte possession...

À ce moment-là pourtant, leur amitié n'avait fait que se renforcer. Kaziev avait un respect inexplicable pour la puissance intellectuelle de Gocha, comme vis-à-vis d'une chose précieuse mais complètement inutile. Il était également attiré par l'appartement du professeur, par cette subtile similitude avec l'envers du cirque : dans la pagaille de cette maison, on discutait constamment des coulisses de la vie en général. Les gens qui venaient ici ne se contentaient pas de regarder des émissions de télévision, ils les faisaient, et ils parlaient de tous les événements comme s'ils connaissaient leur sens véritable et caché, comme s'ils comprenaient les mécanismes secrets du mouvement... On avait l'impression que là, de façon absconse, tout se décidait, comme au cirque, par des signes infimes, des serrements de mains inattendus, un pot-de-vin discret et un caprice de favorite... Cela confortait le jeune Kaziev dans l'idée que sa connaissance approfondie d'une sphère limitée de la vie s'étendait indéfiniment.

Il était rapidement devenu un familier de cette maison : il apportait du pain précisément quand il n'y en avait plus, et du lait juste au moment où Liéna avait la gorge en feu et disait d'un air outragé en claquant la porte du réfrigérateur : « Et voilà ! Évidemment, il n'y a plus de lait. » Et il entrait dans la cuisine par l'escalier de service en portant deux cartons blanc et bleu.

La maison aussi s'était habituée à lui : il avait toujours sa place à la cuisine, sur le large banc en bois sous la fenêtre factice. Il y avait eu jadis une véritable fenêtre. Mais il y a longtemps, du vivant du grand-père de Mikhaïl Mikhaïlovitch, le fondateur de la dynastie professorale et le premier maître des lieux, on avait bâti contre la maison une dépendance d'un étage et on avait bouché la fenêtre avec des briques. Depuis, la grande cuisine n'était éclairée que par la lumière poussiéreuse d'une fenêtre percée en haut du mur qui donnait dans l'escalier, ainsi que par l'électricité que l'on n'éteignait jamais.

À la lumière électrique, le visage de Kaziev — on lui avait assez rapidement donné le surnom de Kazia à la maison, où on ne connaissait même pas son prénom — semblait plus jaune, ses yeux plus sombres, et le châssis de l'ancienne fenêtre, que l'on n'avait pas retiré du fait de l'indifférence des propriétaires pour tout ce qui était domestique, semblait un cadre idéal pour sa silhouette d'une immobilité bouddhique.

« C'est tout simplement frappant, s'étonnait Olga Alexandrovna en relevant à peine ses sourcils fins, un gymnaste, un acrobate qui reste si immobile et, quand il est assis, donne l'impression d'être une statue de pierre. »

Il en était effectivement ainsi. Son immobilité était libre et totale.

Un matin, en partant au lycée, Gocha dit à sa mère :

« Kazia est malade. Il est seul aujourd'hui, sa mère est en tournée. Peux-tu passer le voir un peu plus tard ? Pour l'instant il dort encore, bien sûr... »

Lialia acquiesça. Sa journée était libre. Elle avait un emploi du temps commode, car elle se le constituait elle-même avec trois jours de liberté. Elle dit au revoir à Gocha, puis alla prendre un bain brûlant, s'enduisit le visage d'une crème épaisse qui sentait le citron, mit vaguement en ordre la cuisine, téléphona à deux ou trois amies et refit du thé. Elle prépara deux grosses tartines de fromage, posa sur un plateau métallique rouillé par endroits une tasse de thé sucré et une assiette avec les sandwiches et, après avoir enfilé par-dessus sa vieille robe de chambre en soie un manteau de renard élimé, carrément pieds nus dans ses chaussons, elle sortit afin d'apporter cette nourriture toute simple à

Kaziev qui était malade. Fronçant le nez à cause des odeurs d'égout de cet escalier de service délaissé d'une ancienne maison bourgeoise, elle gravit les marches ébréchées depuis son bel étage jadis respectable, jusqu'au dernier, le troisième, et, sans sonner, elle poussa la porte des Kaziev. Comme elle le supposait, la porte n'était pas fermée à clé.

« Kazia ! » appela-t-elle depuis l'entrée en examinant l'appartement pour essayer de saisir la façon dont on avait placé les cloisons : la cuisine des Kaziev était petite car, lors du réaménagement, la salle de bains était revenue aux voisins et il avait fallu monter un mur dans la cuisine avec des blocs de bois, supposa Lialia. En revanche, ici, il y avait une fenêtre et Olga Alexandrovna soupira en regrettant que la sienne soit bouchée.

Elle entrouvrit la porte de la pièce qui donnait dans la cuisine et où, croyait-elle, devait se trouver Kaziev. En effet, il dormait sur un lit étroit, la tête légèrement renversée sur un oreiller mince.

Olga Alexandrovna, tenant le plateau, vêtue de son manteau de fourrure qui glissait d'une épaule, s'approcha de lui et s'aperçut qu'il ne dormait pas. Ses yeux étaient mi-clos, son visage luisait de sueur.

Elle posa le plateau sur le bord de la table et, lui ayant posé la main sur le front, elle se pencha au-dessus de lui :

« Oh ! Tu as de la température... Mais tu es vraiment malade, Kazia ! »

Il était couché sous un mince drap jaune vif remonté jusqu'au cou, et tout le dessin de son corps le faisait ressembler à la momie d'un pharaon, et cette similitude était particulièrement accrue par ses pieds dont la pointe n'était pas légèrement tendue vers l'avant, ce qui est normal pour un homme couché, mais carrément dressée vers le haut.

« Kazia, Kazia ! » dit Lialia en l'appelant. D'un geste lent et involontaire, elle fit glisser le drap par terre, découvrant une cage thoracique musclée à l'égyptienne et un ventre étroit, dont toute la moitié, recouvrant le nombril, était occupée par un membre brun vers lequel elle tendit une main inconsciente, alors qu'il se glissait vers elle.

Les yeux de Kazia brillaient sous ses paupières baissées.

« Prends ! » dit-il d'une voix éraillée et impérieuse.

La pauvre Lialia sentit tout l'intérieur de son corps, depuis l'estomac jusqu'en bas, saisi d'un spasme si violent qu'elle rejeta machinalement son manteau, ses chaussons, plus certaines choses inutiles, et un instant plus tard elle se cabrait, les bras levés vers le ciel, dans une jouissance d'une violence telle qu'elle n'en avait jamais connue de pareille de toute sa vie, elle qui recherchait inlassablement des proies lestes...

À la fin de cette brève journée, le soir tombé, Gocha revint de l'école, puis Liénotchka. Lialia leur fit un repas avec ce qu'elle trouva. Vers neuf heures, Mikhaïl Mikhaïlovitch rentra, fatigué et distrait, comme d'habitude... Elle servit de nouveau le dîner et fit la vaisselle.

Le soir, Gocha alla trouver Kaziev en haut, y resta peu de temps et, de retour, il posa sur la table le plateau avec le thé et les sandwiches desséchés qui n'avaient pas été touchés, et dit à sa mère :

« Tout de même, notre Kazia est vraiment un original. Il dit que, lorsqu'il est malade, il ne mange pas, ne boit pas, qu'il reste couché trois jours sans allumer la lumière et le quatrième il se lève en forme. Tu as déjà entendu une chose pareille ? »

Lialia haussa les épaules. Durant toutes ces heures passées depuis qu'elle était revenue de chez Kaziev, elle ressentait un tel brasier, une telle soif qu'elle avait l'impression que chaque cellule de son corps rôtissait à cause d'un souffle brûlant qu'elle ne pourrait étancher que par un seul liquide.

Les enfants étaient partis chacun dans sa chambre ; seule Lialia restait dans la cuisine quasiment inconsciente d'impatience. Elle attendait que tout le monde fût couché. Mais on était des couche-tard à la maison : Mikhaïl Mikhaïlovitch tapait à la machine, Liéna essayait de joindre une amie par l'interurbain, mais il y avait toujours le même disque dans le téléphone, Gocha lisait dans son bureau-débarras. Fatiguée d'attendre, Olga Alexandrovna s'habilla et alla voir son mari :

«Micha, j'ai complètement oublié de passer chez Praskovia aujourd'hui. Elle m'attend.

— Pourquoi y aller si tard, ma petite Lialia? Tu veux peut-être que je t'accompagne?» lui rétorqua sans conviction son mari. Mais il n'avait pas envie de sortir, et il la laissa partir à contrecœur : «Tu es insatiable, ma petite Lialia...»

Praskovia Pétrovna, la nounou de Lialia et de ses enfants, sénile depuis longtemps, habitait dans un appartement communautaire non loin de là, et Lialia lui rendait fréquemment visite. Mais pas aussi souvent, malgré tout, qu'elle voulait bien le dire à la maison. Dévouée à son ancienne protégée avec toute la passion d'une vieille servante, Praskovia était une couverture fidèle pour ses aventures.

Elle sortit par l'escalier principal, contourna la maison pour aller à l'arrière et monta au troisième étage. La porte des Kaziev était ouverte, comme auparavant. Elle la poussa et entra.

Le garçon était allongé dans la même pose que le matin, mais il faisait sombre et dans l'obscurité on ne voyait pas que le drap tiré était jaune. Ses yeux étaient toujours mi-clos. Et pour le reste, il se passa la même chose que le matin. Il ne prononça pas un seul mot, une fois seulement il tendit les mains vers elle et effleura le bout sombre de ses gros seins qui pendaient généreusement au-dessus de sa taille fine...

« Tu es folle, complètement folle ! » se répéta Lialia toute la nuit en se retournant à côté de son mari, soit en repoussant la couverture, soit en se la mettant jusqu'au cou et en s'étirant pour essayer, on ne sait pourquoi, de dresser la pointe de ses pieds vers le haut, comme Kaziev.

Passé cinq heures du matin, alors que toute la maisonnée dormait encore, elle gravit de nouveau l'escalier nauséabond, et ce fut encore la même chose... Trois jours plus tard, Kaziev avait véritablement recouvré la santé. La vie s'était réglée d'une façon complètement folle : tôt le matin, à l'heure du sommeil le plus profond, elle se glissait hors de son lit et montait chez lui. Et très tard le soir, quand les amis partaient et que la maison s'assoupissait, elle recommençait. Et si quelque chose l'empêchait de s'échapper à ce moment-là, elle ne dormait pas de la nuit en attendant la rencontre du petit matin. Il était muet et sans faille, et Lialia avait l'impression qu'aucun mot n'était nécessaire, tant leur relation était exhaustive et ardente.

La mère de Kaziev était toujours en tournée et Lialia repoussait l'idée qu'un jour tout devrait cesser. C'était un nuage si sombre, si inéluctablement funeste et portant la fin de tout, que

Lialia, chérissant chaque instant et chaque attouchement comme s'il était le dernier, était entièrement concentrée sur une seule chose : atteindre une fois encore la rive où le puissant garçon la libérerait de son « moi », devenu vieux et ennuyeux, qu'elle avait pris en dégoût... encore une fois, à l'aide de ce moyen mécanique, en fait, d'atteindre la lumière incandescente qui la libérait de la mémoire de son âme et de son corps.

Alors qu'elle trouvait toujours beaucoup d'attrait à faire à deux ou trois de ses proches amies des confidences sur ses aventures, cette fois elle n'en dit mot à quiconque. C'était terrifiant.

Elle allait à son travail, disait des banalités sur Flaubert ou Maupassant, faisait les courses dans la cave d'un magasin dont elle connaissait la directrice, préparait les repas, souriait aux amis et ne cessait d'attendre le moment où elle pourrait se glisser dans l'escalier de service en maudissant les ténèbres qui tardaient à venir : « C'est la dernière fois ! la dernière fois ! »

Elle avait raccompagné les visiteurs venus dîner, s'était débarrassée de ses vêtements ajustés et distingués, avait enfilé sa vieille robe de chambre de soie gris toile d'araignée, un véritable kimono japonais avec une doublure citron... Elle ralentit le pas dans l'escalier par un effort conscient. Ne pas courir là-haut, arrêter ne serait-ce qu'un instant cette course fébrile à l'intérieur d'elle-même, le bouillonnement du sang dans les vaisseaux : c'était tout ce qu'elle pouvait faire pour que les frontières sûres de la raison, dans le cadre desquelles se maintenait de façon solide et ferme sa vie, ne se brisent pas définitivement. Et, en gravissant l'escalier, elle eut l'impression de se trouver au milieu d'un ensemble frémissant à trois voix : la principale, la partie conductrice de la flûte, chantait sur quatre temps « La-der-nière-fois ! La-der-nière-fois ! » ; la deuxième, complémentaire, était le battement de tambour à trois niveaux du cœur, systole-diastole-pause... et la troisième, obsessionnelle et enfantine, était le décompte involontaire des marches dont le nombre était en tout de soixante-six, en six volées...

Elle avançait en avalant sa salive, en s'arrêtant parfois afin de calmer sa respiration, et elle s'imaginait subir un châtiment pour toute la légèreté de ses amours insouciantes, pour son orgueilleuse condescendance vis-à-vis de la souffrance amoureuse — cette souffrance-là précisément —, vis-à-vis de cette instabilité féminine et avide de ses sentiments...

Comme d'habitude, la porte n'était pas fermée à clé et la musique grondait. La musique forte, grossière et primitive de cette génération. Jamais Lialia n'avait entendu cette musique chez Kaziev auparavant. Elle se mit aux aguets —

mais tout, hormis cette musique, était comme d'habitude : la cuisine sombre, le bruit du robinet qui fuyait et le joli rai de lumière sortant de la chambrette. Lialia ouvrit la porte et vit quelque chose qu'elle ne comprit pas tout de suite... En tout cas, elle eut encore le temps de faire quelques pas avant que ne fonctionnent toutes les impulsions nerveuses adéquates, qu'elles ne circulent le long des synapses, qu'elles ne filent jusqu'aux yeux pour aller au cerveau, au cœur, qu'elles ne frappent d'une douleur cuisante le bas secret de son corps... Juste devant elle, en des mouvements lents et étirés, se levait et se baissait le dos blanc de sa fille Liéna, tandis que la tresse pitoyable de ses cheveux humides se balançait contre ses omoplates couvertes de taches de rousseur. Elle ne voyait pas le visage de Kaziev, comme il ne pouvait voir celle qui venait d'arriver, mais elle savait parfaitement bien quel magnifique visage hâlé, impénétrable, aux yeux mi-clos, se trouvait sur l'oreiller plat...

Lialia recula vers la porte et sortit de la pièce, puis de l'appartement.

Les enfants la découvrirent le matin dans la cuisine, dans le vieux fauteuil de rotin. Elle était assise, son regard bleu et indifférent fixé sur la fenêtre bouchée avec des briques. On l'appelait, mais elle ne répondait pas.

Liéna téléphona aux soins d'urgence. Les

médecins expérimentés en matière d'infarctus et d'attaques étaient perplexes. Ce n'était pas une patiente pour eux, et ils proposèrent d'appeler les urgences spéciales, psychiatriques. Ils arrivèrent, eux aussi. Olga Alexandrovna restait tranquillement dans son fauteuil, sans répondre aux questions. Les médecins palpèrent ses mains chaudes et molles, firent passer devant son visage un stupide instrument métallique. Elle tendait docilement les mains, puis, en un geste hésitant mais parfaitement défini, elle les reposait sur les accoudoirs.

Les médecins échangeaient des bribes de mots latins incompréhensibles, ils étaient perplexes. On proposa à Liéna d'hospitaliser immédiatement sa mère. Elle refusa. Les médecins lui demandèrent une décharge. Liéna et Gocha essayèrent d'aller mettre leur mère au lit, mais elle se contentait de hocher la tête et ne cessait de regarder la fenêtre bouchée.

Liéna fit venir son père. Celui-ci prit l'avion de Kiev, où il faisait une conférence. Olga Alexandrovna permit à son mari de l'emmener dans sa chambre, et pour la première fois depuis deux jours elle se mit au lit. On fit venir les meilleurs psychiatres. Tous étaient indécis, disaient différentes choses, mais se rejoignaient sur un point : c'était une forme aiguë d'autisme.

On proposa des cliniques, différentes médications, on évoqua même une thérapie de choc.

Quand Mikhaïl Mikhaïlovitch, homme mesuré et prudent, en entendit parler, il refusa toute aide médicale, quelle qu'elle soit, et dit à sa fille :

« Ma petite Liéna, on va se débrouiller nous-mêmes... »

Les jours se succédaient ainsi. La pauvre Olga Alexandrovna se trouvait dans une hébétude extrême et douloureuse. Elle avait parfaitement conscience d'elle-même, mais tout semblait s'être brisé en mille morceaux et s'embrouiller. Elle avait parfois l'impression que, si elle faisait un petit effort, le monde s'organiserait de nouveau en une belle image, comme dans un livre d'enfant. Mais cet effort était impossible.

La couche de briques de la fenêtre murée exerçait sur elle une fascination énorme. Elle semblait savoir que dans les fentes des briques, dans leur succession simple et régulière, dans leur agencement, il y avait un ordre salvateur qui, si on le suivait, pouvait reconstituer toute l'image brisée de sa vie. Mais peut-être était-ce le ciment, scellant pour l'éternité chacune des briques, qui était si attirant pour le regard d'Olga Alexandrovna. Le ciment qui maintenait les éléments séparés en un tout...

Olga Alexandrovna était également inquiète parce qu'elle avait oublié quelque chose d'extrêmement important, et elle ne cessait de contempler la fenêtre murée parce qu'elle en attendait une aide. On la couchait le soir dans son lit, mais elle regagnait obstinément la cuisine pour s'asseoir dans le fauteuil avachi dont le vieux treillage craquait.

La maison avait été désertée, comme le rivage après la marée. Seul le nombre exorbitant de tasses et de verres rappelait la masse de gens qui se bousculaient encore ici quelques semaines plus tôt.

Une fois, alors qu'au milieu de la nuit Olga Alexandrovna était assise dans son fauteuil grinçant, elle vit une brique blanchir et se dissoudre, et, sur un fond de lumière gris-marron qui ne venait pas du soleil, elle aperçut le visage renversé de Kaziev. Ses yeux brillaient derrière ses fines paupières, à peine bridées dans les angles, et Olga Alexandrovna voyait ce visage d'en haut. Puis celui-ci se mit à s'éloigner avec souplesse et elle comprit que le garçon volait, allongé sur son dos raide comme un morceau de bois, les bras étirés le long du corps, à peine détachés, et ses mains exagérément grandes se balançant légèrement. Et il s'éloignait dans une direction telle qu'Olga Alexandrovna ne vit bientôt que la plante de ses pieds nus et ses cheveux sombres flottant au vent, qui tombaient en deux demi-ailes inégales...

La fenêtre autrefois bouchée avec des briques s'était transformée en un écran lumineux dont l'intensité augmentait sans cesse ; la lumière devenait moins brune et plus vivante, elle se chargeait d'or chaud, et Olga Alexandrovna se sentit à l'intérieur de cette lumière, bien qu'elle éprouvât encore un certain temps le contact glissant des accoudoirs usés.

Ses pieds nus étaient enfoncés jusqu'aux chevilles dans le sable chaud. Elle regarda autour d'elle : c'était un désert aride, pas mort mais parsemé de nombreuses plantes desséchées au soleil au point de devenir quasiment transparentes. C'étaient des touffes odorantes d'éphédras articulés, des saxaouls petits comme des enfants, aux feuilles-écailles à peine marquées, blottis contre des troncs rêches ; des capitules embrouillés de chardons roulants et velus, et puis d'autres encore, paniculés ou pennés, à moitié aériens et dansant... Un son subtil et à peine audible, musique modulée et assez obsédante, emplissait l'air, et elle devina que c'étaient des grains de sable qui volaient, solitaires, et frappaient les tiges d'herbes desséchées en émettant cette musique infime. Les dunes de sable clair, mouvantes, animées et lentes, qui bougeaient malgré tout à vue d'œil, rendaient l'horizon inégal et mamelonné. À l'ouest se trouvait une côte de melon — le soleil or sombre aux reflets pourpres dont la partie inférieure était comme rongée par les immenses mâchoires des dunes. Le soleil diminuait, se noyait, absorbé dans la houle mamelonnée, et quand il n'en resta plus que le bouquet étoilé des derniers rayons obliques, elle vit à côté de chaque herbe, à côté de chaque tige sans vie s'enflammer une enveloppe colorée, fine et vivante, un arc-en-ciel très tendre qui jouait, chatoyait, retentissait d'un son plus délicat encore, comme les grains de sable qui avaient frappé les tiges et maintenant heurtaient les lueurs de l'arc-en-ciel... Et à cet instant, Lialia sentit une présence...

« Mon Dieu ! » chuchota-t-elle, et elle baissa le visage vers un buisson rond d'éphédra encore enlacé par l'arc-en-ciel qui achevait de se consumer.

Liénotchka, endormie et bouffie, qui était entrée le matin dans la cuisine, y trouva tout propre et en ordre. Même la cuisinière qui n'avait pas été nettoyée depuis longtemps reluisait, et deux bouilloires ronflaient de concert sur les feux de derrière. Sa mère lui tournait le dos et son coude droit suivait un morceau de fromage qu'elle grattait sur une grande râpe métallique.

Olga Alexandrovna se retourna vers sa fille, eut un sourire coupable et dit, comme si de rien n'était, en tranchant d'un coup les longues heures de discussions des médecins sur la nature de son mutisme, neurologique ou psychologique :

« Des croûtons au fromage, ça ira ? »

Presque tout était comme autrefois : la mère préparait le petit déjeuner, la bouilloire était sur le gaz. Liéna s'assit dans le fauteuil en rotin et éclata en sanglots. Et, quand elle eut fini de pleurer, elle s'aperçut que le visage de sa mère était aussi couvert de larmes. Ce n'étaient pas des larmes habituelles : jamais elles ne s'arrêtèrent chez Olga Alexandrovna, jamais...

Beaucoup d'années se sont écoulées depuis, et les larmes continuent de jaillir des yeux de la vieille femme craintive et desséchée qu'est devenue maintenant la joyeuse, la rieuse, la voluptueuse Lialia. Elle a une pension d'invalidité. Les médecins ont inscrit les mots latins qui l'ont libérée de l'obligation d'enseigner la littérature française qu'elle avait tant aimée.

Son mari, Mikhaïl Mikhaïlovitch, n'a pas changé à son égard. Il l'emmène se promener sur le boulevard de Tver, lui raconte en route les histoires de l'université. Il est le seul, à vrai dire, à ne pas remarquer une certaine faiblesse d'esprit chez elle. Mikhaïl Mikhaïlovitch a été élu à l'académie, il y a quelque temps, pas la grande, me semble-t-il, mais celle des sciences pédagogiques.

Liéna a soutenu sa thèse, elle ne s'est pas mariée et on ignore si elle a des amants.

Gocha a fait une belle carrière, bien qu'il se soit amendé : il ne professe plus ni le christianisme ni les idées socialistes utopiques. C'est un économiste éminent, spécialiste de la diffusion intersectorielle du capital dans les conditions...

Ici, l'auteur manque de mots. Bref, c'est un spécialiste.

Le jeune Kaziev, à la différence de Gocha, n'a pas fait carrière. Quelque chose s'est brisé dans sa vie. Il n'est pas allé suivre les cours de régisseur ; il s'est retrouvé à l'armée, est resté un an et demi dans la cruelle guerre d'Afghanistan et en est revenu profondément changé. Il est devenu apprenti boucher dans une petite boutique de la rue Troubnaïa, a rapidement appris la science guère complexe de la boucherie, il a obtenu du galon et travaille aujourd'hui encore dans une cave qui empeste le sang desséché. Il est aussi beau qu'autrefois, mais il s'est beaucoup empâté ; il a mûri et aime grossièrement l'argent, à la façon des Orientaux. Gocha et lui ne se voient pas, bien qu'ils habitent le même immeuble.

Et Olga Alexandrovna se charge des petits soucis domestiques dont elle est capable, se déplace dans la cuisine d'une démarche chancelante en se couvrant de larmes vacillantes et lumineuses, éprouvant sans cesse pour tout ce qui lui tombe sous les yeux, vivant ou inerte, une compassion douloureuse : une vieille casserole cabossée, un cactus blanchâtre, la seule plante qui s'accommode de l'obscurité de leur cuisine, Liéna qui a énormément grossi et est éternellement énervée, le cafard roux qui erre dans le labyrinthe de la vaisselle sale ou l'air saumâtre et délétère de l'escalier de service qui pénètre dans l'appartement. Dans ses pensées, elle caresse de sa main, cajole chaque chose, et se répète par-devers soi : pauvre fillette... pauvre petite casserole... pauvre escalier... Elle est un peu embarrassée par son état, mais rien ne peut y faire.

Sa maladie d'esprit est si rare et extraordinaire que les meilleurs professeurs n'ont absolument pas pu en faire le diagnostic.

Une vie longue, si longue…

Il y avait environ trois ans que Natalia Andréïévna avait perdu ses vieux parents qui l'avaient quittée l'un après l'autre avec une incroyable légèreté, sans maladies particulières, sans souffrances, comme par la fatigue et le ralentissement naturel des années de vieillesse.

Natalia Andréïévna n'était pas non plus de première jeunesse : elle approchait de la cinquantaine. Elle n'avait pas vraiment connu de bonheur familial, malgré un mariage jadis, alors qu'elle était déjà une très vieille fille, et malgré un mari prénommé Serguéï. Pas longtemps, mais quelques années tout de même. Et puis, sans qu'on le remarque tout de suite, Serguéï était parti peu à peu...

Cet événement n'avait pas accablé Natalia Andréïévna. Le mariage n'avait guère changé sa vie. Quand elle vivait avec ses parents, elle demandait le matin : « Tu as bien dormi, mon petit papa ? Tu as bien dormi ma petite maman ? »

et puis les choses avaient continué comme avant. Cet attachement excessif de Natalia pour ses parents avait d'abord étonné, puis agacé Serguéï. Et c'est ainsi qu'en l'absence d'enfants et dans un tranquille agacement leur mariage avait été réduit à néant, il avait expiré. Serguéï disparut, et il réapparut soudain six ans plus tard pour demander le divorce. Des opportunités nouvelles s'étaient présentées à lui. Et Natalia n'avait pas fait de difficultés pour donner son accord et signer un papier indispensable.

Quand, pour cette formalité, Serguéï vint dans la maison où il avait vécu autrefois, il fut surpris par la totale immuabilité de leur vie, et tous exercèrent soudain sur lui une grande séduction — aussi bien les vieillards avec leur front à moitié dégarni, que Natalia —, à cause de cette sereine immuabilité précisément. Même cette façon qu'on avait dans la maison de se plaisanter l'un l'autre sans méchanceté, ce qui l'agaçait tant jadis et lui semblait factice, l'attendrit cette fois.

« Ah, Serguéï Afanassiévitch, comme vous avez épaissi ! dit Klavdia Ignatiévna en souriant. Vous savez que ça vous va bien ? Andrioucha s'empâte, lui, et ça ne lui va pas du tout.

— Tu vois comme tu es, Klavdioucha, pour toi rien ne va. Avant, j'étais toujours beaucoup trop maigre, maintenant je suis gros ! dit Andréï

Ivanytch en hochant la tête et en écartant ses mains dodues.

— Depuis quand tu es maigre, hein ? dit en riant Klavdia Ignatiévna. Jamais de la vie !

— Si, si, il a été maigre, moi je m'en souviens, maman ! » dit Natalia en prenant la défense de son père, et l'âme de Serguéï frémit parce que, sans le vouloir, il compara la lenteur cordiale de l'univers de cette maison avec celui de sa nouvelle famille, tendue et nerveuse.

Celle qui avait véritablement pris de l'embonpoint, c'était Natalia Andréïévna. Mais cela lui allait bien. Serguéï fut même ému par son chandail marron, le même que six ans auparavant. En fait, il se trompait car le chandail n'était pas tout à fait identique : Natalia l'avait récemment retricoté en y mélangeant une nouvelle laine. D'ailleurs, si Serguéï l'avait su, cela lui aurait aussitôt paru charmant.

Il prit le papier que son ancienne épouse avait signé, but son thé accompagné de confiture de fraises et de petits gâteaux maison, il fit ses adieux et partit, éprouvant en son for intérieur un léger regret qui se dissipa d'ailleurs avant qu'il n'arrive à la station de trolleybus. Et il ne se souvint presque plus jamais de cette famille et de Natalia elle-même, sauf à certains carrefours compliqués de ses pensées qui s'entrechoquaient dans sa mémoire...

Quant à Natalia, elle ne se lamentait pas du

tout de sa vie de célibataire, du moment que ses parents étaient là. Ah ! du moment qu'ils étaient là, ils remplaçaient pour elle toutes les sortes d'amour, depuis l'amour maternel frémissant jusqu'aux amours vénales. Le tendre duvet sur la calvitie de son père la faisait fondre et elle coupait les gros ongles frustes des pieds de sa mère en admirant ses chevilles toujours aussi fines. Les rides, les veinules roses et bleues de leurs joues pendantes, l'odeur fanée de la vieillesse, tout cela gonflait son cœur de bonté.

Restée seule, la pauvre Natalia fut privée de cette vie pleine, enrichie par un subtil avant-goût de la peur de ce qu'a d'éphémère la vieillesse, de cette existence qui l'avait fait vivre durant toutes ses années de maturité. Elle n'avait pas appris à aimer les autres, en quelque sorte ; elle n'avait pas d'amies proches ou d'amies de cœur, et les femmes de son âge, qui portaient le fardeau de leurs nombreux soucis, ne pouvaient comprendre sa passion enfantine et naïve pour ses parents. Elles étaient même légèrement vexées quand Natalia tentait de leur faire partager ses soucis sur les vertiges de ses vieillards, leurs ulcères et les gonflements dus à la goutte. Ses angoisses semblaient à toutes imaginaires, inconsistantes, par comparaison aux malheurs réels des maladies chroniques, de la varicelle ou de l'apprentissage de l'écriture... Non, Natalia Andréïévna n'avait réussi à se lier d'amitié avec personne, ni du vivant de ses parents ni après leur mort.

Ses collègues entretenaient d'ailleurs de bonnes relations avec elle : elle était calme, ne se déchargeait jamais de son travail sur les autres, faisait du thé à l'heure du déjeuner pour tous ceux qui n'allaient pas à la cantine et jamais elle ne refusait de prêter un billet de cinq roubles.

Natalia Andréïévna n'avait pas un travail difficile : comme on disait au service, elle dirigeait un groupe de transmission, autrement dit, elle s'occupait des courroies de transmission selon les secteurs. Les courroies, c'était bien entendu le matériel déficitaire : des responsables de l'équipement venaient de tout le pays pour recevoir, happer, se ravitailler. Et Natalia Andréïévna faisait une répartition équitable. Ceux qui venaient en mission auprès d'elle recherchaient ses bonnes grâces, ainsi que celles de tous les employés du ministère de l'Équipement. Il y avait trop de nœuds et de mécanismes de toutes sortes sans lesquels la production risquait de s'arrêter. Les visiteurs allaient de bureau en bureau avec des sourires, des demandes et de petits pots-de-vin, comme des friandises ou des souvenirs de leur région lointaine. Natalia plaignait ces gens en mission et faisait toujours tout ce qu'elle pouvait pour les aider : en vingt ans de service elle avait noué de nombreuses amitiés à travers toute la fédération de Russie. Les visiteurs se comportaient avec elle sans doute mieux encore que ses collègues. Elle était si tranquillement accueillante que son allure seule calmait et faisait disparaître la tension de ses chargés de mission à bout de souffle.

Natalia Andréïévna jouait également un rôle dans le comité du personnel. Son travail se résumait à réunir l'argent destiné au cadeau d'anniversaire des employés et à distribuer les billets pour le sapin du Kremlin avant le Nouvel An. D'autres s'occupaient des questions plus importantes. Et c'est là, justement, que commence cette histoire.

Un matin, Natalia Andréïévna fut convoquée au bureau unifié du syndicat où on l'informa du décès de Maslennikov, Vladimir Stépanovitch. Il avait jadis travaillé dans leur comité, était parti à la retraite depuis longtemps, et on n'en avait plus du tout entendu parler.

« C'est un très ancien travailleur, lui expliqua-t-on. Nous devons participer. Le bureau syndical alloue vingt roubles et nous vous demandons de faire une collecte dans le service. Il faut que l'un de nous se rende à l'enterrement. Vous, peut-être ? »

Natalia Andréïévna était quasiment la dernière du service à se souvenir de Vladimir Stépanovitch. C'était un vieillard ombrageux, aux allures de ci-devant, avec un éternel rhume et des mouchoirs blancs amidonnés et rigides.

Les employés donnèrent à contrecœur leurs cinquante kopecks. Il n'y avait pas suffisamment d'argent pour une couronne. Mais on téléphona du syndicat et une voix réjouie annonça qu'on allouait une somme sur les fonds directoriaux : on envoya un coursier pour la commander ainsi que l'inscription sur le ruban.

Le lendemain matin, libérée de son travail et munie d'une attestation de paiement, Natalia se rendit au bureau des enterrements où on lui délivra une couronne enveloppée dans du papier. Toutes les autres couronnes étaient l'une contre l'autre près du mur et seule la sienne était emballée. Avec une mauvaise blague, comme on s'en aperçut par la suite.

Après avoir pris l'énorme paquet peu maniable mais soigneusement emballé, Natalia partit à la morgue du lointain 52e hôpital. La famille du défunt était déjà réunie dans un petit bâtiment. Natalia croyait qu'il avait vécu seul, mais elle s'aperçut qu'il avait une famille importante et tout à fait distinguée, apparemment. Le personnage principal était la sœur du défunt en compagnie de laquelle il avait passé ses dernières années. La vieille femme avait un imperméable gris de saison et un étrange édifice sur la tête : un petit chapeau au-dessus duquel était tirée une écharpe tricotée, censée marquer le deuil. Son visage était couvert de poudre de riz blanche et elle semblait désemparée, comme si elle cherchait quelque chose. Les jeunes, sans doute des neveux et des nièces — ils étaient fort nombreux —, portaient de magnifiques bouquets d'asters de septembre. Ils discutaient entre eux et se saluaient joyeusement.

Surprise, Natalia se souvenait de ses chers parents, et elle regardait ces visages sans affliction, cet enterrement sans âme ; en son for intérieur, elle s'étonnait et plaignait Vladimir Stépanovitch en voyant que personne ne le pleurait.

« Moi non plus, personne ne me pleurera », songea-t-elle avec une légèreté impitoyable, tandis qu'elle ôtait le papier d'emballage de sa couronne.

Elle était banale. Exactement la même que celle où était inscrit sur un ruban blanc « Dors en paix, cher onde Volodia » que tenait un adolescent boutonneux qui avait grandi plus vite que ses manches et son pantalon.

Natalia se pencha pour arranger le ruban de soie de sa couronne et elle lut toute troublée : « Au cher Vla imir Spépanovitch Maslen ikov de la part de ses collègues »... L'oubli du « d » dans le prénom et le « n » égaré dans le nom n'étaient pas particulièrement choquants, mais « Spépanovitch » !

Pourtant il y avait trop de fautes pour être choqué : c'était plutôt ridicule. Elle essaya de les dissimuler, d'arranger le ruban de telle sorte qu'elles soient camouflées dans les plis, mais ce n'était pas simple. Alors que Natalia s'évertuait à cacher les erreurs d'un scribouillard éméché, deux hommes en blouse bleue firent entrer une table à roulettes sur laquelle était posé le cercueil. Vladimir Stépanovitch, tout jaune, y était couché. Autrefois, ce jaune-brun n'était visible que sur sa calvitie — il teintait secrètement les quelques cheveux qu'il lui restait. Maintenant tout son visage avait pris cette nuance.

On déposa sur le cercueil de jolies fleurs d'automne. Natalia plaça modestement au pied de celui-ci la couronne malencontreuse. La grand-mère qui tenait le rôle principal sortit une petite serviette pour s'essuyer le nez. Natalia sentit des larmes couler sur ses joues. Elle se hâta de pleurer une fois encore ses pertes irréparables — son papa et sa maman. Tout le monde suivit le cercueil vers l'autobus. Quelques parents agiles se dérobèrent, les autres y prirent place.

La famille de Vladimir Stépanovitch était incroyablement stupide. On ne sait pourquoi, ils avaient commandé deux bus alors qu'un seul eût été amplement suffisant. On laissa repartir le second.

Natalia aurait bien voulu filer en douce, mais elle s'aperçut à quel point il restait peu de monde avec la petite vieille éperdue : elle prit donc place dans l'autobus. On partit pour le nouveau crématorium de Mitino.

Là, tout fut fait à la va-vite et négligemment, avec des fautes et des lapsus. Tel était apparemment le sort qui était échu à ce malchanceux défunt. Au lieu de lire une prière des morts, la récitante avait confondu avec on ne sait quel texte administratif et avait proposé de dire adieu à «Nikolaï Vassiliévitch». On n'y fit quasiment pas attention.

Une grande femme aux cheveux gris, l'une des nièces, sans doute, fronçant les yeux comme une myope, distribuait à tous des sommes absurdes. Elle s'empressa de glisser cinquante roubles au chauffeur pour qu'il emmène tout le monde à l'appartement où avait été préparé le repas funéraire.

Elle alla vers Natalia pour lui demander de ne pas s'en aller.

«Oncle Volodia avait beaucoup de respect pour vous, Natalia Andréïévna», dit-elle.

Natalia fut incroyablement surprise, dans la mesure où elle était tout à fait persuadée que ni son prénom ni son patronyme n'étaient connus du défunt Maslennikov, et encore moins de sa nièce.

Elle s'installa dans l'autobus. Il y avait déjà trois ou quatre vieilles qui se ressemblaient plus ou moins, un vieillard desséché, les neveux, tous des gens d'âge moyen, comme elle, de grande taille, le visage long, avec un signe de noblesse ennuyeuse qu'on notait également, comme s'en souvenait maintenant Natalia, chez le défunt Maslennikov.

On traversa tout Moscou en direction d'une lointaine banlieue, et Natalia qui, ces vingt dernières années, ne connaissait qu'un seul itinéraire, de la Pokrovka à la rue Orlikov, et qui rendait aussi visite à sa tante à la Solianka, fut surprise en son for intérieur par l'immensité de ce voyage. On arriva à Plotina, près de l'académie Timiriazev. C'était encore un endroit vaguement connu. Les confins de Moscou dans l'esprit de Natalia. Mais il se trouvait qu'au-delà de l'académie, alternant avec les terrains vagues et les passages à niveau, s'étendaient maintenant des mers entières de grands immeubles. Ce n'est qu'une quarantaine de minutes plus tard qu'on arriva dans un microdistrict bâti d'immeubles étranges et vaguement ronds qui lui parurent venir d'une autre planète.

Dans les deux pièces de l'appartement s'affairaient en plus deux femmes au grand nez. La longue table était composée de plusieurs tables de cuisine à rabats qu'on avait empruntées aux voisins. Sur de grands plats de porcelaine était posée une nourriture sans grâce commandée chez un traiteur : la table était encombrée de salades odorantes, de poulets trop rôtis et de gâteaux rassis. Il y avait deux fois moins de gens que de couverts et Natalia songea qu'elle avait bien fait de ne pas filer après le cimetière...

C'était surtout une nièce aux cheveux gris qui prenait les choses en main ; les sœurs du défunt, de petites vieilles séniles, étaient assises l'une à côté de l'autre comme des moineaux sur une branche, toutes tristes et marron-gris. On versa de la vodka dans les petits verres et on but sans trinquer. Une des vieilles femmes poussa un long soupir et dit soudain à voix haute :

« Vous parlez d'une famille ! Si au moins quelqu'un nous invitait à une noce ! Il n'y a que des enterrements qui succèdent aux enterrements... »

Le petit moujik d'un certain âge, au nez retroussé avec une houppe grise et des moustaches tombant sur ses joues émaciées, qui était assis à côté de Natalia, se mit à rire et lui chuchota dans l'oreille sur le ton de la confidence :

« Cette vieille grincheuse, il ne lui faut que des noces... »

Natalia le regarda, surprise : elle ne l'avait pas remarqué jusqu'à présent. Elle sourit vaguement et ne répondit rien. D'une manière générale, elle n'était pas bavarde.

Après avoir tenu difficilement une demi-heure de plus sur un tabouret inconfortable à trois pieds, Natalia se décida à partir. Elle se leva de table, remercia, salua et alla chercher son imperméable dans la cuisine. Son voisin à la houppe la suivit, lui tendit son imperméable et dit :

« Je vous accompagne.

— Merci, ce n'est pas la peine», dit Natalia surprise, elle qui n'avait pas l'habitude de telles prévenances.

«Je sors de toute façon, je dois promener la chienne», lui expliqua-t-il.

Ils sortirent de l'appartement. Il portait une chemise en flanelle à carreaux et des savates. Il poussa la porte voisine :

«Un instant, je vais m'habiller», et il disparut alors que Natalia restait seule dans la cage d'escalier, attendant stupidement.

Quelques minutes plus tard, le petit moujik sortit. Plus exactement, c'est la chienne qui bondit. Quelle chienne gentille et sympathique! Natalia s'épanouit et la chienne lui répondit d'un sourire. Les yeux de l'animal étaient marron, chauds et amicaux. Elle était bedonnante, déjà vieille, avec un poil multicolore d'une épaisseur qui n'était plus de saison et une gueule blanche.

«Oh, comme tu es gentille! lui dit Natalia Andréïévna.

— Biélotchka, dit le petit moujik fièrement. La compagne des jours sombres... Ma famille!»

La chienne redressa une oreille et fit un vague signe de tête.

«Elle est intelligente, remarqua Natalia.

— Intelligente? reprit son maître. L'intelligence incarnée! Et quelle âme!»

Ils entrèrent dans l'ascenseur. La chienne se

tenait délicatement de côté afin de ne pas tourner le dos à Natalia.

« Vous connaissiez bien Vladimir Stépanovitch ? » demanda le petit moujik. Il avait un blouson élimé et tenait sa casquette dans la même main que la laisse.

« Non, pas spécialement. C'était un homme tranquille, silencieux, et cultivé, il était si... » Natalia chercha le mot juste. « Si à part...

— Moi, j'ai vécu dix ans dans la même cage d'escalier que lui, dit-il. C'était un homme incroyable : il ne buvait pas, ne fumait pas, ne faisait pas de scandale, souffrait d'hypertonie et deux fois par jour il s'engueulait avec sa sœur. Eh oui... »

Natalia remarqua alors que le petit moujik n'était pas du tout simplet, et avec son air assez rusé il ressemblait même à un joyeux drille des foires d'antan.

Ils sortirent de l'ascenseur, s'approchèrent des lourdes portes de l'entrée et, d'un geste mondain, il les ouvrit devant elle ; aussi surprenant que ce soit, la chienne la laissa également passer.

« Nous allons faire ici un arrêt de quelques minutes, avec votre permission », demanda l'homme en libérant la chienne de sa laisse et, sans rime ni raison, il se présenta :

« Je m'appelle Ivan Léontiévitch. »

Natalia hocha la tête. La chienne s'assit sur

son arrière-train en écartant ses courtes pattes de devant, comme une grand-mère de la campagne ; son maître claqua alors dans ses mains, fit semblant de s'apprêter à la poursuivre et elle tournoya joyeusement sans cesser de le regarder...

« Je ne vous accompagne pas à la station la plus proche, mais un peu plus loin. Le terminus est près de chez nous, et la route est plus agréable, dit Ivan Léontiévitch avec naturel, comme s'il s'adressait à une vieille amie. Vous voyez l'absurdité de la vie. Je suis un homme de la ville, je suis né à la Prétchistenka, et à mon âge je me retrouve ici en exil. » Il souriait, il riait même on ne sait pourquoi ; puis il s'approcha d'elle et, exhalant un souffle frais et alcoolisé, il dit : « Vous aussi, vous êtes une vraie Moscovite. Vous savez, moi, ce n'est même pas à leur façon de parler que je reconnais les Moscovites, mais à leurs gestes. Vous savez, les gestes sont arrondis. » Il se mit à rire de nouveau en dévoilant ses dents du haut profondément fissurées. Il avait légèrement renversé la tête en riant et laissait voir une bande de barbe grise mal rasée sur le cou. Il prit Natalia sous le bras d'une main fine et ferme, et dit, soudain pensif :

« Il y a deux prénoms qui vous iraient bien : Tatiana et Natalia. Mais Natacha serait encore mieux.

— Je m'appelle Natalia Andréïévna », dit-elle

avec un sourire, et elle se sentit joyeuse, elle aussi.

« Oui, bien sûr, Natalia. C'est exact, Natalia ! Les Tatiana sont un peu plus vives, et pas aussi douces... Oui, oui, Natacha[1]... » et il se réjouit de nouveau d'on ne sait quoi.

La grosse Biélotchka s'approcha en courant et sauta sur Natalia en entourant ses genoux avec ses pattes.

« Mais qu'est-ce que tu fais, Biélotchka ? Tu n'as pas honte ? dit Ivan Léontiévitch, surpris, en se penchant pour secouer l'imperméable de Natalia. Vous voyez comme elle est gaie ! Vous lui avez plu ! Vous savez, Natalia Andréïévna, vous devriez passer chez nous boire un thé ! » proposa-t-il en s'arrêtant soudain pour attendre la réponse.

Elle comprit alors que, dès l'instant qu'il s'était assis à côté d'elle à la table du repas funéraire, des relations s'étaient nouées entre eux, d'infimes mouvements invisibles les faisaient aller à la rencontre l'un de l'autre. Elle s'arrêta aussi, et remarqua soudain que l'air entre eux semblait chiffonné ; il était devenu un peu plus rare et plus chaud que l'autre air lointain où passaient à côté d'eux quelques passants dans la lumière qui s'atténuait.

« D'accord », répondit Natalia qui accepta

1. Natacha est le diminutif de Natalia.

aisément et qui eut aussitôt peur de cette aisance : qu'allait penser d'elle cet Ivan Léontiévitch qu'elle appelait intérieurement le « maître de la chienne ».

Puis elle regarda son visage qui n'était plus jeune, couvert de veinules rouges et de rides desséchées, ce nez de canard retroussé, et elle se rasséréna.

Ils revinrent à la maison qu'ils venaient de quitter et montèrent au dernier étage, le dixième. La porte de l'appartement des Maslennikov était légèrement entrouverte et elle pensa qu'elle serait gênée si quelqu'un remarquait qu'elle était revenue chez le voisin. Ivan Léontiévitch eut la même pensée parce qu'il poussa rapidement sa porte et, après avoir laissé passer Biélotchka qui regardait derrière elle, il fit entrer Natalia dans son appartement, claqua promptement la porte, et tous deux éclatèrent de rire.

« De vrais écoliers, n'est-ce pas ? » dit-il en lui prenant son imperméable.

Elle sentit l'effleurement de sa main sèche et légère et ne répondit rien. L'air de son appartement lui était familier : ça sentait la vieille maison, le bois, la poussière domestique, les livres et l'accumulation des années.

Natalia restait indécise ne sachant si elle devait enlever ses chaussures.

« Mais non, voyons ! dit le maître des lieux en agitant les bras. Nous ne sommes quand même pas en Orient. Nous croyons tous que nous faisons partie de l'Occident... Venez par ici, je vais mettre de l'eau à chauffer. »

Elle entra dans la pièce et regarda autour d'elle. C'était un logement étrange, tout encombré de vieux meubles esquintés. Les rebords étroits des fenêtres étaient élargis et garnis de nombreux pots de fleurs sans prétention : des géraniums, des violettes. Dans un coin, il y avait un bac avec un aloès d'une dimension incroyable. Sur le bureau en chêne — ce n'était pas une table en fait, mais un bureau avec un rideau mobile —, il y avait également des fleurs. Les étagères des deux petites armoires en noyer étaient remplies d'un fatras de vaisselle et de livres. Un vieux lit en acajou, une petite table branlante ; tout était recouvert d'une épaisse poussière, mais les feuilles des plantes étaient luisantes, fraîches comme après la pluie, lustrées. Au milieu de la pièce, tel un lutrin, se trouvait une planche à dessin avec des appareillages spéciaux. Des portraits étaient accrochés au mur. L'un, d'une facture subtile, représentait une toute jeune fille farineuse, vêtue d'une robe vieux rose, dans un cadre éraflé en bouleau de Carélie ; le second, un militaire en uniforme rouge avec des épaulettes argentées et des cheveux rabattus sur les oreilles. Il avait le même nez retroussé que le maître des lieux.

Natalia examinait les portraits et la chienne

restait poliment à côté d'elle, comme si elle désirait donner des explications.

« Voilà, dit Ivan Léontiévitch en poussant la porte avec le genou et en portant un plateau sur ses bras tendus, le thé sera prêt dans un instant. »

Et il s'interrompit aussitôt.

« Pourquoi restez-vous debout ? Quel malappris je suis ! Je ne vous ai même pas proposé un siège. » Il posa le plateau sur la petite table et en approcha un vaste fauteuil.

« Asseyez-vous, Natalia Andréïévna. »

Natalia s'assit dans le fauteuil. Il se trouva être d'un confort inattendu. Le maître de céans approcha d'elle le plateau avec deux tasses et un sucrier. C'était de la porcelaine ancienne, vieille, fendue et ébréchée : une tasse sans anse, une soucoupe dépareillée ; tout était différent, mais avait un air de famille, exactement comme chez Natalia Andréïévna.

« Voulez-vous du fromage ? demanda d'un air affairé le maître de maison.

— Mon Dieu, je sors de table ! refusa Natalia.

— Moi, je connais une certaine personne qui ne refuse jamais un morceau de fromage », grogna Ivan Léontiévitch, et Biélotchka releva les oreilles. « Bien que, soit dit en passant, cette personne, excusez-moi, ait été constipée à cause du fromage », ajouta-t-il sévèrement en mettant un petit morceau devant la chienne intéressée au plus haut point.

Entre-temps, la nuit était complètement tombée, et Natalia se demanda avec un certain étonnement ce qui l'avait attirée ici : alors qu'elle aurait dû être depuis longtemps chez elle, elle restait on ne sait où, et c'était bien et très agréable.

« C'est ma chère mère, Varvara Alexéïévna..., dit-il en hochant la tête en direction du portrait de femme. Paix à son âme... »

Il était debout devant le portrait, le regardait attentivement, comme pour la première fois, puis il se tourna vers Natalia et, en serrant ses gros doigts sur le fauteuil d'osier, il dit avec la perplexité d'un enfant :

« Où pourrait-elle être, sinon au paradis ? »

Et Natalia fut saisie par la chaleur d'une compréhension imprévue. Oh ! à ce sujet elle savait de quoi il retournait, et comment... Ces endroits inondés de lumière où se promenaient ses parents lumineux... Mais peut-on en parler à quelqu'un ? Et en regardant ce vieillard maigrichon, brusque, adolescent d'une certaine façon, elle devina que lui aussi connaissait la question.

« Moi aussi j'ai enterré mes parents il y a trois ans », dit-elle, et l'un et l'autre éprouvèrent une sympathie réciproque, comme s'ils étaient deux enfants perdus dans la foule, se serrant l'un contre l'autre.

« Ah ! ma pauvre, ma pauvre..., compatit Ivan Léontiévitch. Ma chère mère Varvara Alexéïévna nous a quittés il y a dix-huit ans... »

Et il s'assit en face d'elle, sous les portraits de famille, entre la jeune fille rose lilas et l'uniforme de cavalier de la garde impériale rouge vif, et son visage avait une nuance complexe et angoissée, incluant aussi bien le rose lilas que le rouge ou le bleu glacé...

« Vous comprenez Natacha — permettez-moi de vous appeler ainsi —, je sors d'une caste de militaires. Tout le monde sait qu'en Russie la caste militaire appartenait à la noblesse. Dans notre famille tous les hommes étaient des bouffons et des noceurs, des idiots et des va-t-en guerre... Mais *comme il faut...* C'est ainsi que mon grand-père maternel s'exprimait.

« Lui », sans se retourner il indiqua de la main le portrait derrière son dos, « c'est Alexéï Léontiévitch, cavalier de la garde. Ma chère mère est née Balakiréva... Quant à moi, je ne suis pas né à la bonne époque. Peut-être mal à propos aussi... Quand je suis entré dans mon adolescence, la guerre avait pris fin, et je suis devenu ingénieur militaire. Je construisais, je faisais des projets de tout ce qu'on veut : des aérodromes, des lignes secondaires, des ponts, des chiottes, des abris... Le diable sait quoi... » Il interrompit son récit. « Excusez-moi ! » et il partit dans la cuisine, fit tinter des verres et revint.

« Oui, qu'est-ce que je disais... Ah oui, le mythe militaire ! Le mythe militaire familial... Il y a longtemps qu'il n'y a plus de corps d'officiers russe... Une bande de larbins sans honneur, sans conscience, sans dignité... »

Toute la soirée Ivan Léontiévitch parla de ses parents, de ses lointains ancêtres titrés, de la vie des officiers à la caserne, avec son quotidien sombre et carcéral, de l'ivrognerie clandestine ou scandaleuse, de ses deux mariages, l'un plus absurde que l'autre : le premier avec une infirmière de la garnison, une narcomane débauchée aux dents dorées, et le second, alors qu'il était soûl, avec une petite actrice de passage qui l'avait quitté au bout d'un an en lui laissant son gentil petit garçon de cinq ans qui était grand maintenant et avait oublié son père adoptif... Tandis qu'il parlait, elle voyait des images lumineuses : le lac Balkhach, son désert salé et ses tempêtes de sable, le printemps éphémère, chatoyant et enfantin, avec ses tulipes ; elle voyait aussi cet endroit marécageux et maudit de Sibérie orientale, Alexéïévoda, au sol mouvant, le travail infernal avec les prisonniers décimés, livrés à la troupe comme main-d'œuvre d'appoint.

Ivan Léontiévitch raconta aussi comment, alors qu'il n'avait pas encore atteint l'âge de la retraite, il avait été chassé de l'armée, échappant de peu à la justice... Pour Natalia, ce n'étaient pas seulement les événements de sa vie d'homme et d'aventurier qui importaient, mais son style même, la répartition des accents, la désolation naïve de l'absurdité, de la vanité de la vie et de sa propre « dérive », selon son expression...

Il était étonnant de voir comment, en quelques heures, sa vie s'était imprimée dans le cœur de Natalia et à quel point il était devenu proche d'elle.

« Le pauvre, le pauvre, songeait-elle : il est resté les mains vides. »

Il était minuit passé quand Ivan Léontiévitch lui dit :

« Il est temps de dormir, Natacha. Je vais préparer le lit. »

Et c'était si naturel qu'il semblait en avoir toujours été ainsi. Tout en cherchant un deuxième oreiller dans la commode, il lui dit en la regardant droit dans les yeux :

« Je suis vieux, Natalia », ils avaient déjà établi à ce moment-là que leur différence d'âge représentait le chiffre noble et très significatif de sept, « et un peu ivre et, pour vous parler franchement, il y a longtemps que j'ai pris mes distances avec ces amusements, je veux vous prévenir pour que vous n'attendiez pas de moi de grands exploits... »

Natalia, étonnée de sa totale liberté et de sa propre assurance, sourit d'un air fatigué et dit en guise d'encouragement :

« On se débrouillera.

— En tant qu'officier et honnête homme, il est de mon devoir de vous prévenir», dit-il en riant, et il jeta l'oreiller sur un coin du lit attirant Natalia vers lui. Sa main droite saisit sa nuque et, quand sous ses doigts, juste en dessous de sa petite oreille, il sentit le fil palpitant de son pouls, il comprit qu'il avait eu des craintes superflues pour sa vaillance virile...

Après avoir bu en cachette le reste de vin à la cuisine, Ivan Léontiévitch s'assoupit à l'aube d'un sommeil sombre et aviné. Le lendemain matin, Natalia ne put le réveiller : elle passa la main dans ses cheveux, l'appela :

«Ivan, Ivan...»

Mais il se contenta de s'incruster dans le lit, de toucher de sa main ensommeillée la poitrine de Natalia et il ne se réveilla pas.

Celle-ci s'habilla, se débarbouilla à l'eau froide — on avait coupé l'eau chaude. Elle se regarda en passant dans le miroir doublement fendu et s'étonna de ne voir aucun changement sur son visage : les mêmes sourcils arrondis, les yeux vert noix avec de grands cils de génisse, une bouche d'une rondeur enfantine et le cou affaissé de rides.

À sept heures et demie, Natalia alla vers la station de bus à laquelle elle n'était pas arrivée la veille. C'était un jour nouveau, complètement à part dans son existence, et le chemin qu'elle suivait, entre deux immeubles modernes, lui sembla être la lisière contre laquelle s'était brisée son ancienne vie. Et puis Natalia se sentait changée, comme si ces mains desséchées l'avaient remodelée, non par des éclaboussures d'affleurements, mais tout entière, depuis les boucles de ses cheveux jusqu'à ses gros orteils, et son corps massif était devenu neuf et léger, comme s'il avait été fait d'écume de mer figée.

Elle marchait sur le chemin et s'efforçait de se souvenir de ce qui avait existé auparavant dans sa vie, dans sa jeunesse : un fiancé, un étudiant bouclé avec des taches de rousseur, l'année où elle avait terminé le lycée — des promenades, des boulevards, des baisers sous les porches, et, elle ne savait pourquoi, les choses ne s'étaient pas arrangées ; son mari Serguéï avec son corps lourd et grossier, et son odeur de fromage blanc aigre. Et tout ce qui avait existé était comme une chose vue de loin, dans un cinéma sinistre, même pas en noir et blanc, mais en grisâtre clair...

Des bandes de chiens matinaux se promenaient le long du sentier : Natalia songea que tous ces chiens étaient des copains de Biélotchka, et elle sourit en se souvenant de la façon dont elle avait posé sa gueule sur ses genoux...

L'autobus tourna longuement à travers ces pâtés de maisons sans personnalité qui avaient conservé des noms campagnards humains comme Maryino, Borissovo, Bobrinévo... Parfois, Natalia reconnaissait des bribes du chemin de la veille, quand ils étaient dans le bus qui les ramenait du crématorium et qu'elle ne connaissait pas encore Ivan, alors que lui, comme il le lui avait dit ensuite, était assis derrière elle et admirait ses cheveux roux et souples roulés en un chignon.

« Quant à moi... oui, moi, je ne l'ai même pas remarqué », songea Natalia en souriant intérieurement.

Elle se rendit au travail, rentra chez elle le soir. Elle lessiva le sol, récura son réfrigérateur. Elle débordait de forces venues d'on ne sait où, son corps était rempli à ras bord de fête, malgré son mal de dos, ses douleurs aux reins et aux muscles des jambes. Mais ces courbatures, comme les douleurs légères, étaient pleines de bonheur. Elle énumérait tous les petits détails de certains mots, des effleurements, des gestes, en s'étonnant qu'une histoire aussi énorme ait pu du début à la fin prendre place en un temps qui n'avait duré que du soir au matin.

Elle n'osait avoir la moindre pensée secrète sur la possibilité de revoir Ivan Léontiévitch, de retourner chez lui ou bien de le recevoir chez elle, d'être sa maîtresse ou sa femme. Être quelque chose pour lui de toute façon. Elle savait depuis longtemps que rien de tel n'était prévu dans son destin. Une erreur s'était simplement produite et ce qui ne lui était pas destiné, ce dont elle n'avait jamais rêvé, avait eu lieu par hasard. Et elle ne pouvait rêver maintenant de faire durer cette joie inespérée : autant retenir la foudre dans ses mains...

Elle vécut ainsi une journée, puis deux, puis trois, et quelques jours encore au cours desquels se forma dans son âme un espace bien rond de joie qu'elle ressentait physiquement comme un gonflement à l'intérieur de la cage thoracique, qui allait jusqu'à lui procurer une douleur dans les côtes. Toutes les paroles qu'avait prononcées Ivan Léontiévitch, ses gestes, les nombreux objets qui formaient le cadre de son appartement, et même le caractère de sa chienne Biélotchka, tout se trouvait devant ses yeux comme une image en relief qui se serait déployée à tout instant, qui bougeait et vivait, sans que ces répétitions ne la lassent, comme l'être humain ne saurait se lasser de ce qui est vital : l'eau, l'air ou le pain.

À la fin de la semaine, tard le soir, à une heure où habituellement on ne la dérangeait plus, la sonnerie du téléphone retentit et, d'une voix directe et ordinaire, Ivan Léontiévitch lui dit :

« Natacha, je n'ai pu m'empêcher de te téléphoner... Tu es partie sans me laisser ton numéro... J'ai dû le chercher... Je veux te voir. Tu entends ? »

Natalia resta muette. Après s'être raclé la gorge, elle dit d'une voix curieusement sévère :

« J'écoute.

— Je veux te voir, continua-t-il. Pour le moment, je ne suis pas vraiment..., dit-il en hésitant, *comme il faut.* Je te téléphonerai dans quelques jours, je peux ?

— Si tu peux ? dit Natalia surprise. Bien sûr. Je suis contente que tu m'aies téléphoné. Bien sûr, oui, oui. »

Elle entendait déjà la tonalité indiquant qu'il avait raccroché, mais elle continuait de tenir le combiné ; elle regardait le téléphone d'un air perplexe et n'arrivait absolument pas à lier l'aspect de cet appareil banal et la nouvelle que sa vie changeait une fois encore d'une façon merveilleuse, que tout ce qu'elle vivait prenait la forme d'un conte qui n'était pas, de toute évidence, une boule de cristal enchantée qu'elle faisait tourner selon ses désirs en plongeant son regard dans ses profondeurs irisées, mais une marche ordinaire qu'elle avait gravie dans sa vie de femme connaissant le bonheur inimaginable d'avoir en face d'elle chaque matin, au petit déjeuner, un homme rasé de frais qui remuait son thé avec une petite cuiller, le coude appuyé sur le journal...

Elle tenait le combiné et le timbre du téléphone lui annonçait une nouvelle vie en laquelle elle crut totalement et aussitôt...

Le bonheur rond et égal d'autrefois prit dès lors totalement fin. Maintenant elle attendait un appel. Elle partait au travail quelques minutes plus tard que d'habitude, se dépêchait de revenir chez elle, achetait même le pain au buffet à l'heure du déjeuner afin d'éviter d'aller à la boulangerie et ne pas perdre le temps qu'elle passait près du téléphone.

Mais il ne téléphona ni cette semaine-là ni la suivante. Il ne téléphona plus jamais. L'attente de Natalia était vaine.

Ivan Léontiévitch, pendant ce temps, avait d'autres préoccupations : il s'était mis à boire. Il avait laissé tomber son délicat travail de dessinateur et avait mangé tout son argent. Il avait apporté chez un libraire une ancienne encyclopédie d'architecture allemande et quelques numéros de la revue *Capitales et demeures*. Puis, durant une semaine, il avait bu un vin rouge bon marché avant de se mêler à une bagarre à côté du magasin d'alcools. Deux ivrognes du voisinage l'avaient ramené chez lui, bien amoché. Il était resté couché une semaine, ne faisant même pas sortir sa chienne : il la laissait aller, la pauvre, sur le balcon. Il buvait de l'eau et jeûnait.

Il se réveilla un matin et voulut se raser. Ses mains ne tremblaient presque pas. Il se regarda dans le miroir doublement fendu dans un coin. À la place des gros bleus, il ne restait que des ombres jaune pâle. Sa lèvre tuméfiée était cicatrisée. Il n'y avait plus de brèches entre ses dents de devant, dans la mesure où l'une de ses incisives supérieures manquait. Le blanc des yeux était jaune. Il tira la langue et la regarda. Elle était blanche. Puis il se sourit et dit à haute voix, ironiquement :

« Vous allez vivre, Ivan Léontiévitch, vieille saloperie... »

Biélotchka le regarda avec intérêt. Elle n'avait pas l'habitude que son maître se parle à lui-même. Il passa la main sur les poils de son visage qui menaçaient de se transformer en barbe et, s'adressant à Biélotchka cette fois, il remarqua :

« Il est beau le fiancé, hein ? »

Il ne se souvenait plus de Natalia.

« Est-ce qu'il n'y a pas assez au monde de beaux palais, de tableaux, de femmes... Est-ce que cela concerne un péquenot comme moi ? »

L'automne passa. L'hiver commença. Natalia pensait que le chemin qui conduisait à l'arrêt de bus, et qu'elle avait emprunté deux fois dans sa vie, était couvert de neige, et toute sa vie lui sembla recouverte non pas seulement de neige, mais d'une sombre poussière de terre. L'odeur de cette poussière moisie lui apparaissait constamment : elle lessivait sans fin ses affaires, nettoyait la maison, mais l'odeur ne pouvait partir. Un jour, elle rêva de Vladimir Stépanovitch Maslennikov. Il se promenait avec sa chienne Biélotchka et, ayant aperçu Natalia, il la menaçait du doigt.

Après le Nouvel An, Natalia tomba malade.

Elle eut d'abord la grippe, puis cette grippe se transforma en une longue et pénible pneumonie. Elle passa plus de deux mois à l'hôpital, puis on l'envoya dans une clinique phtisiologique où on l'examina longuement sans rien trouver. On lui donna malgré tout un certificat pour un séjour en sanatorium.

Elle arriva à Yalta à la mi-mai. Amaigrie, dans des habits trop chauds pour cette journée lumineuse de printemps, elle sortit du trolleybus et posa par terre sa valise démodée. Entièrement couvert de grappes de fleurs d'un rose épais, sans la moindre petite feuille verte, un être la regardait dont les contours généraux ressemblaient à un arbre. Mais il se distinguait de tous les autres arbres au monde de la même façon qu'un pain se distingue d'une pierre. Entièrement animé, jusqu'au moindre bouton encore fermé, plus audible que n'importe quelle parole humaine, il parlait de ce bonheur de la vie à peine supportable, extrême et quasiment inconcevable.

Natalia restait sur place et écoutait : elle entendit quelque chose. Elle traduisit approximativement en un langage fruste et humain ses paroles bruissantes :

« Depuis la graine cachée qui a germé, depuis la première pousse, tout le travail de respiration pour former les feuilles qui reviennent chaque année, tout le maintien du poids par le tronc, toute la sombre mélancolie de l'hibernation, tous les labeurs de la production estivale, les peurs nocturnes et les suffocations de chaleur, tout cela s'accomplit au nom de ces quelques jours de triomphe, de cette floraison rose épaisse, de l'exquise diffusion de parfums, au nom de la prière bienfaitrice qui est en soi le sens de l'existence... »

Natalia écoutait et essuyait ses larmes.

Le lendemain de son arrivée, le phtisiologue de l'établissement l'examina et lui déclara qu'elle n'avait besoin d'aucun soin : il lui suffisait de se reposer, de reprendre des forces et de respirer l'air marin, mais de ne pas s'exposer au soleil.

Il y avait un petit parc qui s'étendait près du sanatorium, où poussaient également ces arbres roses, mais ils avaient quelque chose de moins époustouflant que le premier. Et leur floraison était finie.

Durant les trois semaines prévues de son séjour, elle se promenait dans le parc, marchait le soir le long de la mer, se réjouissait de la chaleur dont se pénétrait peu à peu plus profondément tout son corps qui semblait s'être engourdi durant le dernier hiver. Peu à peu disparut même le frisson qui s'était installé le long de son échine depuis l'automne, comme un serpent froid et sombre.

Elle éprouvait une sérénité étonnante. Au début du mois de juin, ce fut la canicule. La mer s'était réchauffée au point que les baigneurs étaient nombreux.

Natalia ne cessait de marcher sur le rivage, de l'eau jusqu'aux chevilles, et elle se réjouissait de la vigueur et de l'âpreté de l'eau de mer qu'elle ressentait même sur la plante des pieds.

L'un des derniers jours, elle décida de se baigner. Elle enfila un vieux maillot de bain en laine que son père avait rapporté d'Allemagne autrefois, dont la couleur était passée, mais qui avait gardé quelques rayures. Elle entra dans l'eau jusqu'aux genoux, puis jusqu'aux hanches. Elle sentit des fourmis dans tout son corps, un frisson passa le long de sa colonne vertébrale. Puis elle toucha du pied le fond tiède et partit à la nage.

Comment aurait-elle pu oublier durant toutes ces années de maturité, elle qui avait grandi à Saratov, sur les bords de la Volga, cet enthousiasme enfantin de la nage, de ce mouvement d'amour réciproque, de l'embrassement étroit et total du corps par une eau puissante et aimante. Natalia plongea le visage dans l'eau et se lança dans une brasse régulière et instinctive qu'elle avait immédiatement retrouvée. Elle éprouvait une profonde reconnaissance pour cette masse verdâtre, lourde et compacte. L'eau baignait chaque particule de son corps, la débarrassait de toute la fatigue de sa longue maladie, de toute sa nostalgie, de toute cette attente vaine, et à chaque mouvement elle se sentait plus pure et plus forte moralement. L'eau avait sa propre respiration qui s'harmonisait très précisément avec la respiration de Natalia.

Elle étendait ses bras en avant, et l'eau se lançait sous sa poitrine, passait avec difficulté sous son ventre, la portait en avant et légèrement vers le haut. Natalia remuait puissamment ses jambes, comme une grenouille, et l'eau, comme une énorme main, s'appuyait sur ses fesses en la poussant.

Natalia ne pensait à rien, jouissant de cette communion de rythmes, et le temps immense et progressif, arbitrairement divisé en heures et en minutes, avait totalement cessé d'exister.

Elle nageait, et la terre s'éloignait de plus en plus, autant par la distance physique que par le total éloignement de tout ce qui entourait Natalia sur la terre ferme. Là-bas, loin derrière son dos, il y avait Moscou, l'appartement de ses parents, et même les rivages de la Crimée aux arbres roses.

Le rythme de ses mouvements n'appartenait plus à elle seule, il appartenait à la mer et à la planète au flanc de laquelle cette mer respirait régulièrement, ainsi qu'à cet immense espace sans nom dans lequel la planète traçait une ellipse, mais aussi à tout ce tissu d'étoiles et d'espaces étoilés qui consistait en des rythmes multiples superposés. Et il était merveilleux de savoir que le rythme de ses propres mouvements, de sa respiration, des battements de son cœur était lié à ces mouvements immenses par une loi simple et unique selon laquelle son corps avait un lien étonnant avec la mer, avec la terre, avec le ciel.

Elle sentait son corps énorme, et elle ne nageait plus dans l'eau mais dans le ciel illimité, son pied touchait la constellation de la Balance, et l'extrémité de ses doigts joints dans le plongeon tendait vers les Poissons qui scintillaient et frémissaient au loin. Quelque chose entravait un bonheur parfait : elle enleva son maillot de bain serré qui coula aussitôt derrière elle.

Peu à peu la lumière solaire du jour était devenue brumeuse et blanchâtre, puis grise, nocturne et tendre. Natalia nageait, ne cessait de nager en brassées immenses et souples au milieu des étoiles dangereusement roses et bienheureusement vertes. Elles voguaient à côté d'elle, les unes importantes, humides et grandes, les autres petites, pointues, d'une robustesse adamantine. Certaines voguaient à travers le corps de Natalia sans lui causer le moindre mal, en ne laissant que le souvenir subtil de leur effleurement. Et son éloignement de tout ce qui avait jadis existé était tel que les rivages de la Crimée étaient aussi minuscules qu'un grain de coquelicot et demeuraient dans un flou obscur.

Puis ce furent les ténèbres. Tout se tut ; il ne resta rien hormis un mouvement vers le bas, vers les ténèbres veloutées. Elle ne nageait plus : elle volait. Son corps était toujours empli de joie, mais une boule de terreur monta dans sa gorge comme un cri bloqué.

Cela dura au-delà de toute mesure, et enfin, en bas, la lumière apparut, petite et ronde comme un œil de chat. Elle augmentait avec une vitesse terrible, avançait à sa rencontre, devenait plus vive et elle sembla, à un certain moment, se dédoubler. Tous les phares qui grandissaient allaient au-devant de Natalia et elle-même était prise dans un opiniâtre mouvement de rencontre ; c'en était effrayant.

« Une voiture ! » crut-elle entrevoir dans sa tête, et elle vit alors que c'était réellement une automobile, mais tout à fait particulière, vivante : ses phares étaient des yeux, et derrière flottaient non des nuages de gaz d'échappement, mais deux ailes noires, rigides et puissantes...

L'automobile ralentit et s'arrêta devant Natalia. À la place du chauffeur, entièrement tourné vers elle, était assis Ivan Léontiévitch, le visage sévère et lumineux. Il lui tendit la main et à peine l'eut-elle effleurée qu'elle reconnut sa sécheresse et sa robustesse...

À midi passé, Ivan Léontiévitch apporta chez l'éditeur son travail, quatorze pages de schémas pour un manuel de conduite. Le rédacteur technique examina d'un air pointilleux chaque feuillet, posa des questions de non-professionnel, alors que les mains d'Ivan Léontiévitch tremblaient sous la table. Des gouttes de sueur perlaient sur son front, son cœur s'arrêtait ou bien commençait soudain à battre comme une horloge folle.

Sans lever les yeux, le rédacteur technique continuait de disséquer chaque ligne d'un schéma irréprochable. Il était nouveau et ne savait pas encore qu'ici on ne vérifiait pas ce genre de travaux.

À deux heures moins trois, Ivan Léontiévitch se racla la gorge et ayant, à son habitude, joint ses doigts comme une tresse, il se leva et dit :

« Excusez-moi, je suis un peu aujourd'hui... pas *comme il faut*... Je vais sortir un instant... »

Sans faire attention, le rédacteur hocha la tête.

Ivan Léontiévitch se hâta de sortir de la pièce, descendit l'escalier en courant, bondit de la fraîcheur d'un vieux bâtiment dans la rue aussi chaude que chez lui ; il traversa en courant la rue pour aller vers une vieille boutique géniale au-dessus de laquelle se dressait l'enseigne si chère — quatre lettres carrées [1].

Une voiture officielle noire l'atteignit à trois mètres du magasin. Il était exactement deux heures, la vendeuse aux grosses épaules était justement en train d'ouvrir la porte et toute la queue des martyrs aux âmes tremblantes se retourna comme un seul homme lors du crissement odieux des freins...

1. *Vino* en russe, c'est-à-dire « vin ».

Goulia

La fête de Goulia tombait la veille de Noël. Elle pratiquait inconsciemment depuis l'enfance, et d'année en année avec plus de conscience et de ferveur, la religion secrète et universelle de la fête, et pas une seule fois dans sa vie Goulia n'avait manqué de célébrer ce jour. Au cours des années qu'elle avait passées en exil, comme durant les années de camp, elle s'organisait avec des moyens de fortune dérisoires pour inventer à partir du néant ces petits riens croustillants et amidonnés de la fête qu'elle picorait elle-même et distribuait à ceux qui se trouvaient à ses cotés à ce moment-là.

Elle célébrait le jour de sa fête, celui de son anniversaire, mais aussi les anniversaires de sa défunte mère et de sa sœur, de son mariage avec son premier mari, ainsi que Pâques, la Trinité, les Douze très grandes fêtes[1] sans exception et

1. Les plus grandes fêtes de l'année liturgique orthodoxe, avec neuf fêtes fixes et trois fêtes mobiles.

une bonne partie des fêtes officielles. Elle fêtait le Nouvel An deux fois, selon l'ancien calendrier et le nouveau[1], tout comme Noël : d'abord le catholique, en arguant du sang polonais de sa grand-mère, puis l'orthodoxe. Elle n'omettait pas le premier mai, ni le huit mars, et honorait même le sept novembre. Dans la mesure du possible, elle conservait certains rites. Ainsi, elle aimait célébrer dès le matin le jour de son anniversaire, qui tombait au début de l'été, le trois juin. Si les circonstances le permettaient, elle se rendait avec une amie quelconque à l'Exposition agricole ou au Jardin botanique, se promenait deux heures en racontant à son amie les histoires ouvertement scandaleuse de sa prime jeunesse, puis elles arrivaient au restaurant Prague où elles festoyaient de la façon la plus compliquée possible pour huit anciens roubles, qui devinrent par la suite une trentaine de roubles nouveaux[2].

Elles allaient ensuite se reposer chez Goulia, et, une fois requinquées, elles buvaient du café accompagné d'une liqueur déjà préparée, de glaces et de bonbons Grillage, tant qu'ils furent encore à la portée de leurs dents et qu'ils n'eurent pas totalement disparu des magasins.

Quand la quantité de liqueur ingurgitée dépas-

1. Il y a treize jours de décalage entre le calendrier julien, toujours en vigueur dans l'église orthodoxe, et le calendrier grégorien adopté après la révolution de 1917.
2. En 1961 eut lieu une réforme monétaire.

sait notablement le volume de café, Goulia prenait la guitare accrochée au mur et chantait du Vertinski[1] en imitant fidèlement ses intonations et sa prononciation, tout en passant sous silence, avec de nombreux sous-entendus, certains souvenirs cuisants.

Cela s'appelait des « bombinettes », et Véra Alexandrovna, autrement dit Véroucha, était la complice privilégiée de ces orgies végétariennes.

Son rôle avait maintes fois changé au fil des années : elle avait été l'admiratrice exaltée, la confidente, la concurrente et même la protectrice à diverses époques de leur vie stratifiée comme une coupe géologique. Véra Alexandrovna — mi-parente, mi-ombre, papier à cigarette de la mémoire et preuve la plus manifeste, parmi toutes celles dont disposait Goulia, de la réalité de sa propre existence...

Bien avant la Sainte-Evguénia[2] qui tombait la veille de Noël, Véra Alexandrovna commença à s'inquiéter de ne pouvoir faire cette année-là un beau cadeau à Goulia, qui en serait peinée.

Cette fois-ci, elle dénicha, parmi des papiers qui lui venaient d'une parente défunte, une vieille photographie censée confirmer sa parenté mythique avec Goulia, laquelle tenait dans le

1. Chanteur de style « décadent » ayant une prononciation aristocratique. Après avoir émigré en 1919, il revint en URSS en 1943.

2. Dont un des diminutifs possibles est Goulia.

fait que la cousine de la mère de Goulia aurait été mariée en secondes noces au grand-père de Véra Alexandrovna. Sur la photographie en question était représenté un couple plein de noblesse et Véra Alexandrovna eut envie de penser qu'elle avait découvert une preuve extrêmement ténue de leur parenté. Véra Alexandrovna joignit un flacon de shampooing yougoslave et une piteuse boîte de bonbons à cette photographie qui constituait la part spirituelle du cadeau pour le jour de sa fête. Les bonbons l'inquiétaient particulièrement, et elle demanda même à Chourik[1] ce qu'il pensait de cette boîte sans panache. Chourik la regarda avec un intérêt très appuyé et dit :

« C'est bizarre, maman, très bizarre ! Ça fait une sorte de composition. C'est un cadeau très élégant. »

Vaguement rassérénée, Véra Alexandrovna alla dans la cuisine pour mettre à chauffer ses fers à friser. Tandis qu'elle mettait en plis ses cheveux légers, d'un blanc jaunâtre, San Sanytch[2] passait du cirage sur ses bottes de randonnée — ses chaussures préférées qui alliaient une grande solidité à un prix modique —, et l'un et l'autre, la mère et le fils, entraient dans le prologue de la fête de Goulia, composé des odeurs de fers

1. Diminutif de Choura qui est un diminutif d'Alexandre.
2. Façon très courante de prononcer Alexandre Alexandrovitch.

chauffés, de cheveux roussis, de cirage et de chypre ordinaire.

Un long plat, où étaient posés du sirop et une bouteille de vin rouge, se trouvait sur un petit guéridon ovale, recouvert d'un napperon taché pour servir le thé. Un petit sapin était fiché dans un grand vase au bord ébréché, qui, pour cette raison, n'avait pas été mis en vente. Les journaux couverts de la merde de Juliette, habituellement dispersés à intervalles réguliers dans toute la pièce, avaient été mis en tas dans un coin à l'occasion de la fête ; parfois ils n'étaient même pas emportés aux ordures.

Les hôtes passaient les dernières heures de la veillée de Noël à jeûner et, quand on approchait de huit heures et que prenait fin la vigile à l'église Saint-Ilia, Goulia inaugurait le premier jour qui suivait la naissance du Christ en distribuant des zakouski à la viande, parfois chauds. Le jeûne de deux heures prenait fin, on commençait à manger gras.

Comme elles étaient superbes, ainsi installées à table ! San Sanytch les admirait, ces petites vieilles diaphanes, ces élues qui avaient conservé leur tonus ces vingt-cinq dernières années en payant des amendes pour toute allusion aux maladies, aux petits problèmes physiques et, Dieu les en garde, à la mort. La littérature, l'art, les souvenirs de jeunesse, les potins mondains, voilà autour de quoi tournaient leurs éternelles discussions.

Pour l'instant, elles parlaient de chapeaux et de la façon dont les jeunes femmes ne savent plus porter ce signe distinctif du beau sexe, ce témoignage de talent ou de nullité, marque d'appartenance sociale et indice de niveau intellectuel. Plus exactement, il s'agissait des chapeaux de Zinaïda Hippious[1]. Ensuite, mine de rien, Goulia glissa aux avantages du « mariage suédois » par rapport au « *ménage à trois* », puis par des voies tortueuses elle arriva à Diaghilev, au ballet en général, à Maïa Plissetskaïa...

On parlait... on parlait... L'étoile de Noël s'était depuis longtemps égarée dans la voûte céleste aux astres innombrables qui n'étaient pas ceux de Noël, et dans la longue pièce soufflait un courant d'air qui allait de la haute fenêtre à trois battants vers la porte percée dans le mur du couloir — ce qui avait détruit l'aristocratique enfilade de pièces de ce bel appartement ancien —, refroidissant les épaules menues des vieilles femmes aux omoplates délicates et usées.

Ce faux hiver, comme s'il avait honte d'être pourri, accueillait Noël avec un froid glacial de circonstance, conforme au calendrier. La brise indolente qui soufflait de la fenêtre se faisait de plus en plus rude. Goulia posa son vieux man-

1. Poétesse symboliste russe (1867-1945).

teau de fourrure sur le large rebord de marbre, mais le chauffage qui avait l'humeur à zéro ne venait pas à bout de ce brusque refroidissement.

S'étant emmitouflées dans les châles, les écharpes et les robes de chambre de Goulia, elles parlèrent des frimas de soixante-treize ou de soixante-quinze — elles s'embrouillaient légèrement —, de quarante et un, de vingt-quatre et, le Seigneur nous pardonne, de mille neuf cent treize.

On mangea tout ce que pouvait proposer le traiteur du restaurant Prague : du canard farci, de la viande à la vlajski, des vol-au-vent farcis d'on ne sait quoi. Et l'on aurait bien bu tout ce qu'il y avait, mais Goulia, selon une vieille habitude, avait «planqué» une petite carafe de cognac et une demi-bouteille de porto authentique dont on lui avait fait cadeau et qui ne lui semblait guère meilleur que celui de Tauride...

Quand on se mit à parler du temps, Juliette descendit du canapé et, montrant de toute sa personne le mépris qu'elle éprouvait pour une conversation qui prenait un tour aussi petit-bourgeois, elle se coucha sur un coussin de velours.

Juliette et Goulia n'avaient pas la moindre ressemblance physique. Juliette était une bâtarde, un basset à poil ras, alors que Goulia était une vieille racée, aux jambes fines, tel un lévrier aux narines semblables à des parenthèses ouvragées et aux fins sourcils arrondis et haut relevés. Leur ressemblance était plus profonde et restait imperceptible à celui qui n'était pas attentif. Elle s'exprimait dans leur mépris aristocratique pour les choses mesquines, dans une superficialité déplorable et un fond extraordinairement solide.

Goulia sentit en même temps que Juliette une légère irritation et était prête à proposer une partie de « chemin de fer » quand soudain San Sanytch, qui jusqu'alors admirait ces dames, ces filles, ces vieilles monades, ces anges, ces sorcières dégarnies, parfumées, vétustes et herculéennes, San Sanytch, qui s'était tu modestement toute la soirée, dit à voix basse :

« Goulia, il y a un courant d'air affreux chez toi ! Il faut calfeutrer la fenêtre. Je viendrai demain après mon travail, vers sept heures et demie, et je m'en occuperai. Ne t'éclipse pas, s'il te plaît !

— Tu es un amour ! glapit Goulia. Chourik, tu es un ange ! Comme c'est gentil de ta part, Vérotchka, d'avoir été tentée par l'enfantement ! »

Et elle bondit avec légèreté de son fauteuil pour s'élancer vers San Sanytch et, appuyant son superbe buste opulent et enveloppé de grâce contre son épaule, elle déposa un baiser sur son crâne déplumé. On se mit à parler des enfants.

Goulia ne dormit pas bien. Elle avait mal au ventre et dut se lever deux fois le matin pour aller aux toilettes. Elle avait forcé sur le porto. Par solidarité, Juliette avait également fait des saletés, directement par terre car, en allant se coucher, Goulia avait oublié de lui étaler sa portion habituelle de *Gazette littéraire*. En l'occurrence, Goulia avait été plutôt attendrie à vrai dire : elles souffraient habituellement l'une et l'autre de constipation ; Juliette n'avait pas bu de porto, de sorte que son dérangement ne pouvait s'expliquer que par la profondeur exceptionnelle de leur sympathie spirituelle.

Goulia était frigorifiée : elle mit longtemps à se réchauffer sous deux couvertures et son manteau de fourrure. Elle ne cessait d'avoir mal au ventre et elle ne s'endormit qu'après avoir chauffé de l'eau dans la bouilloire en guise de bouillotte.

Réveillée à midi passé, elle resta encore une petite heure au lit — elle n'aimait pas se lever tout de suite —, et elle ressentit une agréable sensation de vide et de légèreté au creux du ventre en se réjouissant de l'âpre soleil hivernal. Il faisait un froid cruel dans la pièce et un tendre monticule de givre s'élevait sur le rebord de la fenêtre. Goulia examina sa chambre d'un regard vif ; il y avait longtemps qu'elle ne l'avait vue aussi lumineuse. La pièce était haute de plafond, mal proportionnée et représentait le tiers d'un salon de trois fenêtres ; les moulures faisaient ici une courbe harmonieuse et Goulia, en entrant dans cette pièce peu après son retour d'exil et son mariage précipité avec le propriétaire imposant des lieux, avait longuement recherché une place pour le lit dans la mesure où, ayant ses propres relations à l'espace, elle ne pouvait aucunement faire correspondre ce morceau de moulure au plafond avec son corps couché dans le lit... Trois ou quatre mois après ce mariage extravagant, le propriétaire de la pièce mourut subitement, laissant à Goulia son héritage poussiéreux, vétuste, mais fort précieux.

La pièce était bleu clair. Goulia faillit la peindre en rouge, mais Véroucha dit que dans ces conditions elle ne mettrait plus les pieds chez elle, et Goulia donna l'ordre aux peintres de la refaire en bleu. Ce fut magnifique. Goulia vivait comme dans un décor de théâtre : les murs étaient d'un bleu aussi invraisemblable et incroyable que sur une scène, et tous les objets — les meubles en bouleau de Carélie ébréchés, le cadre en bronze fané du miroir terni — se dressaient élégamment sur ce fond bleu surnaturel.

La vaisselle sale était sur la table, comme disposée pour une nature morte ; Goulia, calée sur le coussin posé à la tête de son lit bateau, souriait. N'étant sujette ni aux insomnies ni aux cauchemars, elle allait tous les soirs dans ce bateau pour voguer dans les cieux, sans oublier de chuchoter : « Que ton nom soit glorifié, mon Dieu, nous avons encore vogué une petite journée en ta compagnie. Et, je t'en prie, pas de rêves ! Si possible... »

Mais cette fois, au petit matin, un rêve était là qui ne s'était pas dissipé aussitôt et avait assombri l'humeur de fête de Goulia. Le rêve n'avait pas de sujet : la sensation du pouvoir de quelqu'un d'autre, d'un espace clos ; une facture grossière, vraiment très grossière. Arrière, arrière ! je ne veux pas m'en souvenir. De la toile sur une table... Le capitaine Outenkov jurant de façon odieuse, quelque chose de tendre à l'oreille... File... Mais file donc !... Tu pues... goujat... Sauvé. Va-t'en ! Je ne veux pas !

Mais le rêve n'avait pas émergé à la surface et il revenait dans sa mémoire contre sa volonté. Elle, Goulia, se trouve dans un bureau, sur un long tapis très propre ; elle est chaussée de grandes bottes répugnantes et le capitaine Outenkov savoure son nom princier de jeune fille, et soudain surgit en elle un désir pénible qui frétille comme la queue d'un grand poisson. Or, Outenkov n'est pas Outenkov mais devient un être aimé, un intime... Les choses se précisent et il cesse tout à fait d'être Outenkov... Et tout cela dure, ne s'achève pas, ne se résout pas... Stupidité ! Pouah, quelle stupidité ! Mais enfin, je te le demande, s'il te plaît, je n'ai pas besoin de rêver...

Ah oui ! Chourik va venir calfeutrer la fenêtre. Comme il est gentil. La fenêtre, oui. Il faut se lever et ranger. Je devrais prendre un bain brûlant. Aucune envie de nettoyer. Les voisins sont des porcs. Il y a une saleté incroyable dans la salle de bains. C'est répugnant d'y mettre les pieds, même sans prendre de bain...

Et son après-midi se poursuivit. À trois heures, elle but du café. Elle répondit au téléphone. C'étaient les invités de la veille qui téléphonaient, pour les voisins aussi. Elle lut quelques pages d'un roman policier français. Ennuyeux. Elle réchauffa une saucisse. Juliette ne la mangea pas. On téléphona de nouveau : Béatrice, une juive américaine fixée en Russie, une amie d'exil, l'invitait. Oui, j'irai ! décida Goulia. Que le diable l'emporte avec sa fenêtre ! Il est évident qu'il fait froid en hiver ! Et il doit faire froid. Et est-ce que Chourik viendra ou non, qui sait ?

« J'arrive, Betka, j'arrive ! » promit Goulia.

À peine avait-elle raccroché le téléphone que Chourik téléphonait pour lui demander si elle avait de la bourre.

« Peut-être devrait-on remettre ça à plus tard ? dit Goulia en voulant se dédire.

— Il n'en est pas question. Tu vas prendre

froid. Il gèle. Et il y a des courants d'air chez toi ! »

Et Goulia téléphona à Béatrice pour lui annoncer qu'elle viendrait, mais un peu plus tard.

San Sanytch arriva à huit heures. Goulia, sentant que sa visite était ratée et que sa fête, qui avait juste frétillé, faisait tout pour lui échapper, entra en fureur : contre Chourik qui était arrivé en retard, contre elle-même qui avait donné son accord pour qu'il calfeutre la fenêtre, alors qu'elle s'était parfaitement bien débrouillée jusqu'à présent, et même contre Béatrice, avec sa grosse voix masculine, l'adorable Béatrice, si affectueuse et naïve au point d'en être idiote.

« Il fait un froid épouvantable, environ moins trente, sinon davantage », dit San Sanytch d'une voix transie en ôtant son manteau dans la pièce, près de Goulia. Personne ne suspendait ses affaires sur le portemanteau de l'entrée. On disait que si on ne volait pas un manteau, on allait à coup sûr lui faire les poches.

« Il fait un froid terrible, je te dis, poursuivit San Sanytch en sortant des rouleaux de papier de son cartable élimé. Fais-moi du thé, s'il te plaît ! Et il me faut une casserole d'eau : je dois chauffer la colle. »

Goulia alla dans la cuisine avec l'air d'une condamnée, comprenant qu'elle ne se rendrait pas à l'invitation aujourd'hui.

Après avoir bu son thé à la hâte, Chourik grimpa sur le rebord et ouvrit la fenêtre intérieure. Les espagnolettes en laiton et les gonds sur toute la longueur du cadre fonctionnaient parfaitement, malgré leur siècle d'existence ; mais les cadres eux-mêmes étaient pourris. La couche d'air froid conservée entre eux enfla aussitôt et emplit toute la pièce.

San Sanytch poussait de fins rouleaux de bourre dans les fentes entre les châssis. Goulia était assise dans un fauteuil avec Juliette dans les bras et demandait d'une voix aimable en quoi elle pouvait être utile.

San Sanytch aimait Goulia. Il la connaissait depuis son enfance, mais de façon éparse en quelque sorte. On l'avait emprisonnée trois fois : deux fois, estimait-elle, à cause de ses maris, et une fois — comme elle l'expliquait elle-même — à cause d'un excès d'instruction. Cette dernière fois datait d'après la guerre, dans le petit laps de temps où elle avait vécu sans mari. D'habitude, elle trouvait ses maris rapidement, l'un après l'autre, mais elle avait connu cette fois-ci une période de célibat et était allée travailler.

Après le lycée, Goulia n'avait pas fait d'études supérieures, mais elle maîtrisait bien les langues étrangères et, selon les notions de cette époque, elle les connaissait même à merveille. La mère de Goulia était à moitié allemande et avait été élevée en France, de sorte qu'on pratiquait chez elle ces deux langues. De plus, une Anglaise, une certaine Miss Frost, vivait chez eux et était, en dépit de l'idée générale qu'on se fait des Anglais, incroyablement bavarde. Elle remplissait la maison entière de ses gazouillements intarissables et seul un sourd n'eût pas appris l'anglais en sa présence. Douée pour les langues, Goulia qui, lors du dernier été avant la guerre, était tombée amoureuse à quatorze ans d'un chanteur italien qui enseignait alors à Moscou, avait facilement appris l'italien, en deux mois, émerveillant son maître à la voix suave par l'aisance avec laquelle elle parlait et par la vivacité de sa conduite qui n'avait rien de nordique.

Quant au polonais, elle l'apprit en exil par un concours de circonstances. Lors d'une de ses visites, Véra Alexandrovna avait laissé un Agatha Christie en polonais et Goulia, qui n'avait pas encore goûté les douceurs de ce genre, s'était accrochée à lui et durant de longues années ne s'était attelée à rien d'autre qu'à Agatotchka, comme elle l'appelait tendrement.

Goulia avait trouvé un travail de rédactrice-traductrice dans un bureau technique. Elle y resta un peu plus d'un an, puis elle entra dans un conflit stupide avec son chef, qui s'amplifia jusqu'à ce qu'il écrive une dénonciation contre elle où il l'accusait de façon complètement incohérente d'apolitisme, de cosmopolitisme et d'espionnage. Même pour cette époque, l'accusation était si absurde qu'au bout d'un an et demi, avant même la mort de Staline, Goulia fut libérée.

Dans les entractes entre ses emprisonnements successifs, Goulia se débrouillait pour vivre comme un petit oiseau, retrouvant aussitôt un nouveau mari, jouissant de la fête enragée de l'amour ; elle riait, courait chez ses amis, « jouait les libellules », comme disait d'elle la prudente Véroucha que la vie avait terrorisée à mort. Cependant, Goulia continuait de cultiver avec désinvolture les fleurs de la vie.

Chourik naquit lorsque Goulia habitait chez Véroucha à Kalouga après une première expérience des camps, et il fut le premier et l'unique enfant auquel Goulia se fût attachée dès ses premiers jours. Elle avait d'une certaine façon réussi à surmonter sa répulsion pour cette période humide et morveuse de l'existence qui provoquait son dégoût. En tout cas, elle avait fait une exception pour Chourik.

Même lorsqu'elle partit de chez Véroucha pour emménager chez Pavel Arkadiévitch — il est difficile maintenant de recenser son rang dans la liste de ses maris —, elle continua à leur rendre visite régulièrement et ce durant toutes les années où elle vécut avec lui, jusqu'à sa mort, dans une joie inextinguible de l'âme et du corps, car, malgré son fonctionnement interne, elle était quasiment tombée amoureuse de lui.

Durant les premières années de la vie de Chourik, Goulia semblait soyeuse, joyeuse, dans le nuage de parfum et l'écume légère de ses boucles chétives, avec ses sourcils dessinés et ses yeux d'un vert réellement précieux. L'affectueux garçon enlaçait ses genoux lisses et se pâmait avec un cœur trop gros. Et Goulia passait ses doigts aux ongles rouges, légèrement recourbés, dans ses cheveux fins destinés à une vie éphémère.

Puis Goulia disparut, et Chourik en éprouva de la nostalgie. Cependant, quand elle revint définitivement, le cœur de Chourik n'était plus capable de grandes fêtes, et Goulia n'était plus aussi soyeuse. En outre, c'était l'année de ses seize ans, quand la soie, le miel, la fourrure et d'autres perfections de ce monde résidaient pour lui dans un réceptacle tout autre.

Goulia, elle, s'empressa de se marier avec un beau vieillard au nom célèbre. Il est vrai que ce n'était pas lui, malheureusement, mais seulement un homonyme. Mais qui aurait osé le lui demander?

Goulia vivait de toutes ses forces, sans manquer les vernissages, les premières, les soirées de bienfaisance, les spectacles en tournée. Son dernier mari mourut sans qu'on y prît garde et Goulia déclara à ses amies que dorénavant elle serait une moniale, complètement dans le monde toutefois...

San Sanytch, qui avait perdu à cette époque une bonne partie de ses cheveux, qui avait pris beaucoup d'embonpoint et acquis une ressemblance indubitable avec une pomme de terre, servait alors une autre idole, mais il ne rechignait jamais aux exigences désinvoltes de Goulia — jamais il ne les aurait d'ailleurs qualifiées ainsi lui-même —, qu'il s'agisse de déplacer un meuble, de l'emmener à la campagne ou de l'accompagner à la gare. Mais San Sanytch souffrait malgré tout, comprenant que Goulia était vieille, qu'il lui apportait une aide absolument dérisoire, et calfeutrer la fenêtre le réjouissait comme une occasion d'être utile en quelque chose à sa chère Goulia.

La fenêtre à trois battants était d'une hauteur excessive, aristocratique : depuis le rebord sa main atteignait à peine la moitié du cadre et les fentes sans fin avaient avalé trois paquets de bourre, un tas entier de chiffons déchirés en lanières. Ce travail semblait ne pas devoir finir.

Goulia parlait depuis plus de deux heures, avec enchantement, de sa tendre amitié pour un certain Max, mais San Sanytch ne se rendit pas compte qu'il s'agissait de Volochine[1]. S'apercevant que San Sanytch en avait fini avec

1. Maximillan Volochine (1878-1932), poète proche du symbolisme et de l'acméisme.

le cadre intérieur, elle sortit la petite carafe de cognac et quelques médiocres zakouski.

« Hier, les invités ont tout mangé jusqu'à la dernière miette, et je n'ai pas mis le nez dehors de la journée, dit-elle pour expliquer la frugalité de sa table. Mon bon ami, on va casser une petite graine ensemble ! » roucoula Goulia qui depuis sa jeunesse aimait la joyeuse accélération du sang que lui procurait l'alcool, et elle sortit deux grandes coupes. « Il est évidemment stupide de boire du cognac dans des coupes pareilles, et vertes en plus. Mais peu importe, tous les autres verres sont sales », et elle fit un geste en direction de la table à ordures, comme elle disait, près de la porte, où se trouvait la vaisselle sale de la veille. « Tu sais, j'ai pensé que l'esclavage n'avait qu'à aller au diable ! Si je ne veux pas faire la vaisselle, je peux ne pas la faire, en définitive. N'est-ce pas mon ami ?

— Ma petite Goulia, c'est vrai, bien sûr », répondit San Sanytch, avec un sourire attendri et la tête inclinée. Il la regardait plein d'admiration. Elle le sentait et, du coup, elle fanfaronnait. « Tu es adorable. Dans notre génération, des gens comme toi n'existent plus.

— À quoi penses-tu ? demanda Goulia qui aimait les compliments de toutes sortes et attendait d'entendre des choses agréables. Verse-moi du cognac, mon pigeon. Voilà. Ça suffit.

— À ta santé ! Goulia, tu es une femme

étonnante ! Tu es la plus belle des femmes ! Je ne te dirai rien de nouveau, mais tu es *ewig weiblich* ! Hélène, Marguerite et Béatrice dans le même visage ! » dit San Sanytch, d'un air exalté, mais sincère et en même temps inspiré, tout en levant sa coupe d'un vert opaque.

Goulia éclata de rire en posant sur son front sa main sèche qui était tournée vers l'intérieur, comme chez les pianistes.

« Il y a si longtemps que je n'ai entendu ces nobles noms que j'ai été surprise au premier instant que tu élèves dans une telle compagnie ma chère Béatrice, Béatrice Abramovna ! Oh ! j'ai oublié de lui téléphoner, se souvint-elle au milieu de ses rires.

— Allons, Goulia ! tu ne te laisses pas admirer !

— Moi ? Autant que tu veux ! Que peut-il y avoir de plus agréable pour une dame que d'être admirée... Est-ce que... » et elle s'esclaffa de nouveau.

« Ah, Goulia, Goulia ! Comment ne pas t'aimer ? C'est tout simplement impossible ! » trompetta San Sanytch d'une voix enrhumée.

Elle était assise dans son grand fauteuil dont un accoudoir tenait grâce à une vieille ceinture de robe de chambre. Ses cheveux bleus, qu'elle venait de teindre, faisaient une nébuleuse autour de son petit crâne ; comme toujours, ses sourcils étaient soulignés en angle et surmontaient ses yeux intelligents qui souriaient précieusement.

San Sanytch versa un deuxième verre.

« Oui, Goulia, ma chère, je veux boire au miracle de la féminité, au miracle de ta féminité ! » proclama-t-il triomphalement, puis il se pencha pour déposer un baiser sur sa main.

Quelque chose croustilla dans la mémoire de Goulia. Une chose à la fois proche, aimée, intime, qui transparaissait dans les traits du capitaine Outenkov : mais c'était Chourik, oui, Chourik !

San Sanytch, lui, ne cessait de jouer les tribuns. Amolli par le cognac, il bredouillait à propos de ses genoux soyeux qu'il aimait tant quand il était petit, des gants tendres dont l'effleurement l'émouvait beaucoup, et même de la longue-vue qu'elle lui avait offerte jadis...

Avec ses doigts cerclés de grosses bagues affreuses, Goulia déboutonna les trois premiers boutons de son corsage mauve, soupira profondément et elle dit doucement, en détachant chaque syllabe :

« Chourik, je me sens mal...

— Mon Dieu ! ma petite Goulia, qu'est-ce qui t'arrive ?! J'appelle le médecin, dit San Sanytch, la voix brisée et sincèrement alarmé par son malaise.

— Non, non, que dis-tu, pas question ! Ça m'arrive. C'est vasculaire. Le changement de temps, tu sais. Aide-moi à m'allonger sur le lit. Comme ça. Merci, mon garçon ! » Et, suivant son inspiration astucieuse, Goulia entraîna l'imprudent, l'innocent San Sanytch, qui ne soupçonnait rien mais qui était déjà condamné, dans son bateau amarré. « Un peu plus haut, le coussin, s'il te plaît, et dégrafe mon corset, mon ami ! » ordonna Goulia d'une voix lasse. San Sanytch obtempéra.

Deux melons d'automne à la peau fine roulèrent lentement sur les mains de San Sanytch.

« Tu as peut-être besoin de médicaments ? Je vais tout de suite..., gazouilla San Sanytch légèrement troublé.

— Il s'agit bien de médicaments ! » dit Goulia avec une merveilleuse condescendance, et San Sanytch finit par comprendre qu'il était au pied du mur...

Le bateau appareilla, et à cet instant San Sanytch sentit que tous les piètres compliments alambiqués, qu'il avait gazouillés une demi-heure plus tôt, étaient une sainte et exacte vérité.

Juliette traîna ses griffes solides depuis le coussin de velours jusqu'au fauteuil, y sauta et s'y installa, sans quitter du regard les jambes fines et blanches de sa maîtresse.

À six heures moins le quart, la serrure de la chambre de Goulia claqua : elle raccompagnait San Sanytch. Ils étaient de la même taille — Goulia avec ses longues jambes et San Sanytch, trapu dans son gros manteau d'hiver. Elle heurta le portemanteau, fit tomber le balai-brosse près de la porte de la voisine et, après avoir déposé un baiser sur son front, elle lui dit d'une puissante voix de basse inattendue :

« Je te remercie, Chourik !

— Pour quoi ? demanda à voix basse Chourik.

— Pour tout ! » dit Goulia, rayonnante, en tirant un trait tragique.

Trois jours durant, Goulia n'enleva pas du guéridon ovale les deux coupes vertes. Ses amies passaient la voir. Elle les installait dans le fauteuil et, montrant les coupes, disait d'un air languissant :

« Je dois te dire qu'à notre âge les jeux de l'amour sont une occupation trop éreintante. » Elle faisait une pause et continuait négligemment : « Un amant est venu me voir. Jeune. Je suis si fatiguée que je n'ai pas la force de laver deux verres. »

Et du majeur elle soulevait légèrement sa paupière qui tombait un peu ces dernières années, et elle suivait attentivement l'expression que prenait son amie, afin de ne pas manquer cette dernière étincelle d'une fête arrivée de façon imprévue.

Le peuple élu

Le sept octobre, la veille de la Saint-Serge-de-Radonège, Zinaïda traîna jusqu'à l'église son corps flasque, douloureux, qui s'affaissait par vagues, et elle s'arrêta sur le terrain neutre, où il n'y avait déjà plus d'échoppes et où ne commençait pas encore la rampe de l'escalier menant à l'église, près de laquelle lanternaient des miséreux.

Elle avait enterré sa mère un mois plus tôt; l'argent des funérailles économisé par celle-ci était épuisé et elle avait dû prendre dix-huit roubles sur sa pension d'invalide pour le repas funéraire. Zinaïda ne savait pas se débrouiller avec l'argent : tant qu'elle avait été en bonne santé, maman achetait tout, mais dès qu'elle était tombée malade, les choses étaient allées de mal en pis; même manger était devenu un problème.

Avant la mort de maman, Maria Ignatiévna, la locataire du premier, leur apportait de la soupe et d'autres bricoles, mais dès que maman était morte, elle avait cessé d'aller chez Zinaïda parce qu'elle avait été vexée : elle voulait prendre la tunique chinoise de maman, mais Zinaïda avait mégoté et ne la lui avait pas donnée. Ce n'était pas pour se la garder qu'elle avait mégoté — Zinaïda ne pouvait porter les affaires de maman, qui était petite et sèche comme un cafard, alors que Zinaïda était d'une telle largeur qu'elle n'entrait pas dans un tramway. Elle ne l'avait pas donnée parce que c'était un souvenir de sa mère, une tunique d'un vert chinois, avec des boutons recouverts de tissu et des fleurs en laine brodées sur les épaules.

Il y en avait eu une autre, une bleue, mais elle n'était plus là maintenant, parce que maman lui avait donné l'ordre de l'enterrer dans cette tunique. Elle était frileuse et craignait d'avoir froid dans sa tombe : elle avait ordonné qu'on la mît en terre dans sa tunique bleue, avec ses chaussettes de laine en plus. C'est ce qu'avait fait Zinaïda, exactement comme sa mère le lui avait prescrit; Maria Ignatiévna n'avait donc rien eu et en était dépitée.

Sa mère avait aussi enjoint à Zinaïda de s'en remettre à la Sainte Vierge, et, dès qu'il n'y aurait plus d'argent, d'aller à l'église et d'y rester : «Les braves gens viendront en aide à ta misère au nom de la Sainte Vierge.»

Et voilà, Zinaïda y était allée et elle avait pris

une place. Pour elle, c'était encore pire de rester debout que de marcher : elle pensait que ses douleurs étaient essentiellement situées dans les jambes, bien que la doctoresse du quartier lui ait dit que ça venait des glandes surrénales.

Deux miséreux étaient assis sur des petits pliants à côté de l'escalier, près de l'église elle-même, mais c'était chose impossible pour Zinaïda : ils auraient cédé sous son poids.

Zinaïda avait des chaussures molles — des chaussons de feutre dont elle avait coupé le bout ; et à la maison elle avait des galoches quand le temps était humide. C'est sa maman qui lui avait tricoté de larges chaussettes en laine de la campagne, et Zinaïda portait un pantalon de survêtement parce qu'elle n'arrivait pas à enfiler une paire de bas sur ses jambes boursouflées. Par-dessus, elle avait passé une nouvelle blouse, en flanelle rouille feu, et un beau chemisier : elle avait mis tout ce qu'elle avait de plus beau, cette gourde, comme pour aller chez le docteur, parce qu'elle allait voir des gens.

Elle resta ainsi, tandis que des grand-mères passaient à côté d'elle, des femmes un peu plus jeunes aussi, certaines avec un sac, et même quelques jeunettes, mais personne ne lui donnait quoi que ce soit. Apparemment, elle ne se trouvait pas où il fallait, et elle ne faisait pas non plus ce qu'il fallait. Une demi-heure passa ; ses jambes se mirent à brûler comme des charbons ardents, et elle eut une terrible envie de manger : elle se souvint alors qu'il y avait un paquet de nouilles dans le buffet. Et elle partit doucettement chez elle, toute déconcertée parce que sa maman l'avait trompée, ou bien parce qu'elle s'était elle-même trompée : personne ne lui avait fait la charité au nom de la Sainte Vierge.

Le lendemain matin, Zinaïda se rendit compte qu'elle n'avait dit à aucun des passants qu'elle était là au nom de la Sainte Vierge. Elle se ressaisit, mais il était trop tard pour aller à l'église, parce que la messe était finie.

Le jour suivant, en revanche, Zinaïda se leva un peu plus tôt et partit à l'église. Ce n'était pas non plus un jour ordinaire : on célébrait une bonne fête, celle de Jean le Théologien. Le soleil brillait et il régnait une chaleur inhabituelle pour cette époque de l'année. Elle remit sa blouse feu, sa belle tunique, de nouveau elle n'eut pas l'idée de s'habiller un peu plus pauvrement. Elle noua un fichu rose et froid, et clopin-clopant elle partit dans l'avenue.

Il y avait un peu plus de monde que la dernière fois aux abords de l'église, et toute une queue s'était formée. Zinaïda s'approcha un peu des autres gens, pas trop quand même, car elle était gênée. Elle se souvenait maintenant qu'il ne fallait pas se contenter de demander la charité, mais qu'il fallait le faire au nom de la

Sainte Vierge. Tous ceux qui passaient ne la regardaient pas et elle ne savait comment les interpeller.

Enfin, une petite vieille vraiment affreuse passa à côté d'elle, avec des lunettes et une grande canne ; elle s'arrêta à côté de Zinaïda et lui donna une petite pièce terne.

« Au nom de la Sainte Vierge », dit-elle mal à propos, et la petite vieille lui répondit habilement :

« Le Seigneur soit avec toi ! »

Zinaïda se réjouit, examina son kopeck qui était parfaitement banal, mais qu'on lui avait donné tout de même.

« Maman me l'avait bien dit », songea-t-elle, tandis que s'approchait une femme en noir, avec un long nez ; elle portait des talons hauts et d'inquiétantes lunettes noires : elle déposa dans sa main une pièce de vingt kopecks et lui demanda :

« Prie pour le salut de Iékatérina !

— Merci beaucoup, je prierai », dit Zinaïda qui se signa. Elle ne savait pas comment répondre correctement, mais pour la femme aux lunettes, c'était apparemment sans importance.

Les gens ne cessaient de venir, de passer à côté d'elle, non en foule épaisse, mais l'un après l'autre, ou deux par deux, et elle accumula une pleine poignée d'argent, essentiellement de la ferraille, il est vrai. Ses jambes commençaient à ployer sous la douleur, et elle avait très faim. Elle décida de retourner à la maison, mais d'entrer auparavant dans l'église pour remercier la Sainte Vierge de l'avoir aidée.

Zinaïda grimpa sur le parvis : elle eut du mal à monter l'escalier et eut l'impression que quelqu'un l'interpellait — « Hé, toi ! » — mais elle ne connaissait personne ici et elle entra en se signant trois fois devant chaque porte. Elle acheta un cierge de trente kopecks — il lui restait encore beaucoup d'argent, au moins un rouble — qu'elle plaça devant la Vierge de Kazan : c'est là que maman en mettait toujours un. Et elle clopina vers la sortie.

Près du tronc, une vieille mendigote lui donna brusquement un coup dans les flancs et chuinta :

« Reste ici, comme tout le monde, où vas-tu comme ça ? On chante l'*Hymne des Chérubins* ! »

Mais Zinaïda ne comprit pas pourquoi la vieille femme la houspillait et, toute voûtée, elle se traîna jusqu'à la porte.

Elle sortit de l'église, le côté encore endolori par la bourrade de la vieille, et soudain — quelle guigne ! — une autre vieille, avec une verrue sous l'œil, coiffée d'un fichu à carreaux — elle venait du groupe de celles qui se trouvaient à l'endroit le plus lucratif, devant les marches —, se jeta sur elle et lui tordit la main de telle sorte que les pièces qu'elle avait récoltées s'éparpillèrent sur le sol :

« Ne viens plus ici, sinon on te casse les jambes ! » et elle se mit à lui donner des coups dans le dos avec son sac piquant.

Un vieillard boiteux se leva de terre, arriva de l'autre côté et, après l'avoir insultée grossièrement, leva le bras :

« Allez, allez, ouste ! »

Zinaïda se renfrogna et s'arrêta. Il lui semblait n'avoir plus ses jambes ; elle sentit ses cuisses et ses mollets la brûler.

« Va-t'en, va-t'en, comme si on avait besoin de toi, tu n'as rien à faire ici ! » lui cria une vieille tout à fait minuscule qui portait une toque de fourrure pelée.

Elle aurait bien voulu s'enfuir, mais ses jambes ne la portaient plus, elles fléchirent, et elle s'effondra sur le chemin, telle une énorme poule hirsute, en se cachant la tête dans ses mains blanches et bouffies.

Et soudain une voix éraillée et féroce retentit au-dessus de sa tête.

« Arrière, bande de chacals, guenilles insatiables ! Tu es une saleté, Kotova ! Ça fait vingt ans que tu restes là : t'en n'as pas encore assez ! Tu vas emporter tout ça dans l'autre monde, peut-être ! Et toi, où vas-tu, vieux chnoque, larbin des fascistes ! Lève-toi, allons ! »

Elle sentit une main de fer se poser sur son épaule et essayer de la mettre debout.

« Hé ! Il y a une femme qui se sent mal, aidez-moi à la relever ! » vociféra la voix, et des mains soulevèrent Zinaïda, la traînèrent quasiment jusqu'à un banc où elles l'installèrent. Ce n'est qu'à ce moment-là qu'elle ouvrit les yeux. Elle crut d'abord voir devant elle un petit gamin, large d'épaules ; non, ce n'était pas un gamin, mais une femme en pantalon, avec des allures de moujik, les sourcils relevés et un visage de brigand. Une frange d'un jaune roux sortait de son fichu blanc de dévote. Ses narines grandes ouvertes tremblaient :

« Ce n'est rien, ce n'est rien : ils vont voir de quel bois je me chauffe, cette bande de tire-sous ! Tu viens et tu te mets où bon te semble, les places ne sont pas payantes ! Voyez-les comme ils organisent la mafia : on se croirait en Sicile ! Un miséreux n'a même plus où trouver refuge ! Pire que la police ! hurlait cette femme étrange. Toi, ne les écoute pas ! Si quelqu'un se permet de te dire quelque chose, tu leur réponds aussitôt : c'est Katia-la-Rousse qui m'a dit de le faire ! »

Katia-la-Rousse restait là, appuyée sur deux grosses béquilles, puis, après s'être traînée tout près de Zinaïda, et une fois sa colère apaisée, elle lui demanda :

« Et toi, d'où tu es ? »

Zinaïda voulait répondre, mais sa langue ne lui obéissait pas.

« Où est-ce que tu habites ? redemanda Katia. Tu es sourde ? »

Alors Zinaïda hocha la tête.

« J'habite juste là, de l'autre côté de l'avenue.

— Tu as quoi comme invalidité ? se renseigna Katia d'un air affairé.

— La deuxième catégorie, répondit Zinaïda, ravie.

— Ouais ! dit Katia en hochant la tête de satisfaction.

— Maman est morte. Je l'ai enterrée il y a un mois, poursuivit Zinaïda pour alimenter la conversation.

— La mienne, ce n'est pas demain la veille qu'elle va mourir, remarqua Katia avec regret. Tiens, voilà un petit billet de trois roubles. Tu bois ?

— Oh non ! dit Zinaïda, surprise.

— Prends ! Si tu ne bois pas, tu en as assez jusqu'à l'Intercession de la Vierge. Ne viens pas demain ! Viens le quatorze ou le treize pour la vigile, c'est bon. Je serai là. S'il se passe quelque chose, tu leur dis que c'est Katia-la-Rousse qui t'a donné l'ordre ! Tu t'appelles comment ?

— Zinaïda, répondit-elle timidement.

— Tu vois, Zina, ce sont des rustres, des faibles. Certains sont méchants comme des chiens. Qu'est-ce que je dis : pire que des chiens ! Dès que tu élèves la voix, ils s'en vont la queue entre les jambes. Il y a de plus en plus de mendiants, mais il n'y a presque pas de miséreux ici. Toi, tu n'as qu'à venir, n'aie pas peur ! »

Katia aida Zinaïda à extirper son corps du profond banc de jardin où elle s'était retrouvée, prise comme dans un piège. Et elle regagna ses pénates, sentant l'humidité dans ses savates et le froid dans toute la partie inférieure de son corps.

Transie et même amaigrie, semblait-il, Zinaïda inséra son corps mou dans l'appartement et, sans aller jusqu'au fond, elle s'assit sur le tabouret de l'entrée, ôta le fichu de sa tête, le tire-bouchonna pour en faire une espèce de petite poupée, et elle se lança dans une lamentation : « Je suis malheureuse, je suis malheureuse », et elle éclata en larmes...

Zinaïda était faible et, du vivant de sa maman, elle se fâchait souvent contre celle-ci parce qu'elle ne lui donnait pas à manger. Elle avait un appétit insatiable : c'était une véritable maladie, et maman le contrecarrait. Zinaïda tire-bouchonnait alors son fichu pour lui donner la forme d'une poupée, s'asseyait sur le tabouret à côté de la porte et disait à sa maman :

« Je vais partir, je vais te quitter...

— Et où partiras-tu, espèce de tarte ? Où iras-tu, gros tas ? » grognait sa maman, indifférente.

Et elle avait un peu l'impression que cette

poupée de fichu, c'était elle, Zinaïda, mais quand elle était toute petite, et elle lui chuchotait :

« Nous, on partira. Quand le printemps sera là, on partira à Anapa. »

On avait emmené Zinaïda au sanatorium d'Anapa quand elle avait unc dizaine d'années et que sa maladie ne faisait que commencer.

S'étant remise de sa peur et des injures, elle ôta son survêtement trempé et alla faire la lessive dans la baignoire. Elle baignait dans l'eau savonneuse ses énormes mains presque diaphanes et elle soupirait : elle était une incapable. Autrefois, c'est maman qui faisait tout, et maintenant elle devait elle-même...

Ses pensées étaient énormes, boursouflées et balourdes : elle songeait à sa future misère, à toutes sortes de choses qu'elle allait manger sans tarder, à Katia-la-Rousse qui avait pris sa défense contre les méchantes gens...

Zinaïda vint pour l'Intercession de la Vierge. On ne la chassa plus. Elle recueillit beaucoup d'argent, presque quatre roubles. Adossée à la rampe de l'escalier, elle chercha tout le temps Katia-la-Rousse du regard, mais elle ne la vit pas.

Quand son argent fut épuisé, elle revint, et recueillit de nouveau des aumônes, mais elle ne rencontra pas Katia. Les vieilles ne la chassaient pas et l'une d'elles la salua même, s'approcha et dit à une autre :

« Laisse l'Éléphante se mettre ici, pousse-toi à gauche ! »

C'est ainsi que Zinaïda retrouva son ancien surnom : l'Éléphante. Elle était vraiment une éléphante, et c'est ainsi qu'on la taquinait à l'école, mais autant c'était vexant quand elle était petite, autant maintenant c'était son nom à elle...

Zinaïda ne rencontra Katia que la troisième fois. Celle-ci marchait le long du petit chemin asphalté qui menait de biais à l'église, d'une démarche chancelante, boitant d'un pied alors que le second, enfermé dans une bottine orthopédique, se relevait assez haut de côté. Katia aperçut Zinaïda, lui fit un signe de la tête et elle entra dans l'église.

« Elle se met sans doute sous le porche », pensa Zinaïda. Elle aussi avait envie de trouver un toit, mais elle avait peur que la vieille à la verrue ne la chasse une fois de plus. Elle resta ainsi presque une heure, perdue dans ses pensées. Elle eut d'abord des fourmis dans les jambes qui semblèrent ensuite s'engourdir. On ne lui donnait pas grand-chose, moins qu'aux autres. Elle l'avait déjà remarqué et avait décidé en son for intérieur que c'était bien ainsi car on plaignait toujours davantage le maigre que le gros

Après un petit moment d'hésitation, Zinaïda décida d'aller à la recherche de Katia dans l'église. Elle l'aperçut dans la chapelle de gauche, dans la file de gens qui se trouvaient devant un confesseur. Katia avait un air sévère, sa frange ne sortait pas de son fichu noué très bas sur le front et qui formait deux plis profonds sur les tempes. Elle fit un pas vers le prêtre à la barbe blanche et à la peau cuivrée : elle hocha la tête pendant qu'il lui parlait longuement, puis elle-même dit quelque chose, à la grande surprise de Zinaïda. Le vieillard hocha la tête à son tour, puis il lui apposa au sommet du crâne une étole en or terni. Elle baisa sa main jaune et se traîna vers les Portes Royales[1].

Zinaïda la guetta, la tira par la manche, mais Katia la regarda de son œil ambré et vide et dit : « Après, après... » Alors l'église se remplit du grondement d'un chant immense, car on avait entonné le *Notre Père* et Katia s'était détournée pour reprendre : « ... *en un seul Dieu, Père tout-puissant, Créateur du ciel et de la terre, de toutes les choses visibles et invisibles...* », et elle chantait dans une telle pâmoison, en se jetant par terre et en se relevant, qu'on avait l'impression qu'elle menait toute cette foule sur un chemin de montagne accidenté.

1. Portes qui séparent la nef du sanctuaire dans une église orthodoxe.

Lorsque les chants prirent fin, le prêtre reprit la parole, le chœur chanta encore un peu, puis toute l'église entonna de nouveau le *Notre Père* : Zinaïda le connaissait parce que sa maman le lui avait appris. Mais on avait du mal à respirer, on était à l'étroit, les gens étaient serrés les uns contre les autres, comme s'ils formaient un être énorme, un ensemble constitué de gouttelettes frémissantes, et Zinaïda sentait tout se transformer en un épais brouillard qui n'était pas humide mais embaumait d'encens et de miel. La flamme des cierges semblait fusionner dans l'air, tout était devenu suave, lénifiant ; la vie dehors, dans la rue, avait disparu comme des ramages irisés à la surface d'une mare, et ce qui existait ici, tout cet or, se condensa pour acquérir la même compacité que son corps : elle s'arracha alors vers le ciel pour voguer entre les piliers dorés, entre les voûtes et les nimbes vacillants ; l'air épais, qu'elle touchait de la main, la choyait et la caressait...

Elle n'avait pas remarqué qu'elle était assise depuis longtemps sur un banc large et confortable, à côté d'autres femmes ; et elle ne se souvenait pas qui l'avait emmenée et installée. C'est là que Katia la retrouva.

« Alors, on ne te chasse plus ? demanda Katia en se penchant.

— Non, c'est fini, répondit Zinaïda, radieuse.

— Eh bien, tant mieux ! »

Katia allait s'éloigner, puis elle s'arrêta et lui demanda :

« Tu as ramassé quelque chose ? Eh bien, on y va, d'accord ? »

Et elles partirent ensemble, Zinaïda, avec une démarche chancelante, et Katia, petite comme un arbre tordu et rabougri.

« On va chez toi, hein ? » proposa Katia, et Zinaïda fut ravie : personne ne venait la voir, en dehors de la tante Pacha, la sœur de maman.

En route, Zinaïda acheta du pain et plusieurs glaces. Maintenant que maman était morte, elle mangeait comme elle voulait et elle avait une passion particulière pour les glaces. Sa mère ne lui donnait jamais de glace, car elle disait que le sucre était mauvais pour elle ! Mais Zinaïda ne lésinait pas sur le sucre.

Dans la maison, Katia examina tout d'un œil perçant, flairant même par-ci par-là, elle remarqua le sol qui n'était pas lessivé et dit :

« Moi non plus je ne peux pas me pencher normalement, je lave par terre à quatre pattes. Je me couche sur le ventre et je rampe en arrière. Tu veux peut-être que je te fasse le sol ? »

Zinaïda fut déconcertée par une telle proposition : mais pour quoi faire ? C'était bien comme ça. Katia jeta un œil dans la deuxième pièce, celle du fond. Zinaïda n'y entrait plus depuis la mort de sa maman, elle n'avait rien à y faire. Pendant que Katia examinait tout, Zinaïda prépara à manger : elle émietta dans un plat blanc des pommes de terre bouillies et du fromage fondu, puis y versa du kéfir[1]. C'est elle qui avait inventé cette recette : elle aimait avoir l'entrée et le plat principal en même temps, sans avoir à cuire quoi que ce soit. Elle émiettait ainsi tout successivement, et c'était bon. La nourriture rassérénait beaucoup Zinaïda. Elle n'était bien que lorsqu'elle mâchait. Dès qu'elle avalait quelque chose, elle avait l'impression qu'un grand animal commençait à remuer dans son ventre et demandait : « Encore, encore ! »

Elles allaient s'asseoir pour manger, quand Katia bondit en ne s'appuyant que sur une béquille. Zinaïda s'aperçut alors qu'elle était absolument incapable de marcher sans un soutien : elle s'écroula aussitôt, rampa dans le couloir et rapporta son sac en tissu élimé, fermé par une serrure, fit claquer la serrure et sortit un quart de vodka qu'elle posa sur la table :

« Pour la fête, c'est toléré », dit-elle sentencieusement, mais Zinaïda n'avait pas songé à l'interdire. Elle chercha des petits verres, n'en trouva pas et sortit des tasses. Katia plissa son petit nez :

« Donne plutôt des grands verres ! »

Zinaïda posa deux verres et versa sa bouillie dans de grandes assiettes. Katia arracha de son gros ongle la capsule du quart et remplit les

1. Lait fermenté vendu en bouteille.

verres. Zinaïda poussa un « Oh ! ». Elle ne buvait pas de vodka.

« C'est trop, hein ? dit Katia surprise. Si tu ne veux pas, tu ne bois pas », dit-elle en lui délivrant une autorisation avec condescendance ; elle trinqua avec Zinaïda et, après avoir dit « Santé, Zina ! », elle se signa et vida la vodka dans sa bouche ouverte et édentée. Zinaïda flaira son verre, avala une petite gorgée : c'était mauvais et ça raclait la gorge.

Katia mangea rapidement son brouet ; elle mangea aussi de la glace, modérément et sans grand plaisir. Elle attendit que Zinaïda ait fini de lécher le papier d'emballage, qu'elle ait débarrassé la table et mis les assiettes dans l'évier, puis elle dit d'un ton plein de sous-entendus :

« Bon ! »

Zinaïda releva son visage légèrement maculé de glace et se prépara à écouter Katia, bouche bée.

« Va te laver ! » lui ordonna Katia. Zinaïda n'alla pas se laver, mais s'essuya la bouche avec un chiffon, et tout disparut. Katia se mit à parler.

« Voilà ce que je veux te dire, Zina. » Il y avait un ton solennel et prometteur dans sa voix. « Ta mère est morte ; toi-même tu n'es pas très maligne. » Zinaïda hocha la tête, car tout cela était vrai. « De plus, tu es malade, ajouta Katia. Et tu as bien fait de te rendre à l'église. Cependant, pourquoi es-tu venue ? » La question de

Katia ne demandait pas de réponse. « Tu es venue quémander. Et tu as bien fait. Il y a une masse de gens qui demandent l'aumône là-bas. Il y a de plus en plus de mendiants. Ce n'est pas bien compliqué. Quant à toi, Zina, je ne veux pas que tu sois une mendiante, mais une vraie miséreuse. »

« Non, jamais je ne pourrais être comme Katia », se dit Zinaïda en son for intérieur, pleine d'admiration pour sa nouvelle amie, « avec une voix comme la sienne, tonitruante quand elle s'en est prise aux vieilles, ou bien soudain enfantine quand elle entonne les hymnes.... »

Et Katia poursuivit son discours :

« Ne t'occupe pas de moi : moi, je fais des choses spéciales, je vais çà et là, sans trop gamberger. J'ai étudié la technologie dans une grande école, et tu ne peux pas savoir combien d'épreuves j'ai traversées dans les hôpitaux ; et tu ne saurais imaginer dans quels endroits j'ai pu me retrouver ! Ne t'occupe pas de moi. D'abord, dis-moi : qu'est-ce qui te manque, Zina ? »

Zinaïda fronça les sourcils et se renfrogna. Après réflexion, elle dit :

« Aujourd'hui, j'ai tout ce qu'il me faut, Katia. »

Katia éclata d'un rire satisfait.

« Ah oui, j'avais vraiment bien vu quel genre de femme tu es ! Il n'y a pas beaucoup de gens qui disent : "J'ai tout ce qu'il me faut." D'habitude, tout le monde manque de tout. Ils veulent tout, ils sont enragés, ils souffrent, ils haïssent à en mourir, et tout cela par jalousie de ce que les autres possèdent et qu'ils n'ont pas. Tu comprends ?

— Et comment ! » reconnut d'un air important Zinaïda qui était flattée par la gravité de la conversation. Elle était tout émue et rougit même légèrement. « Je ne suis pas jalouse : je n'ai rien à faire de ce qu'ont les autres... Regarde donc comment je suis, si grosse !

— Tu es naïve, Zina, vraiment naïve, remarqua Katia un peu déçue. Bon, tu crois en Dieu ? »

Zinaïda était embarrassée, elle se tortillait sur son tabouret.

« Eh bien ? » demanda sévèrement Katia.

Zinaïda se mit à tordre son chiffon pour faire sa poupée.

« Ah ! la la ! Tu es une créature de Dieu et tu ne crois pas en Dieu, proféra Katia, tout à fait déçue.

— Je crois en la Sainte Vierge..., dit Zinaïda, tête baissée, doucement, comme un cancre au fond de la classe.

— Bon. Dis-moi, demanda Katia d'une voix professorale, de qui est-elle donc la mère ? »

Zinaïda fit la moue et dit tout doucement :

« C'est la mère de sa fille. »

Katia fut médusée. Elle écarquilla ses yeux jaunes, et en écartant les bras fit bruyamment tomber une béquille qui était appuyée sur le rebord de la fenêtre.

«Quoi? De sa fille? De quelle fille? C'est la mère de Notre-Seigneur Jésus-Christ! Enfin, Zina, tu es pire qu'une Tatare! Ça, il faut le faire : de sa fille!»

Zinaïda restait assise, toute pourpre, et des cloches faisaient un vacarme dans sa tête.

«Jésus-Christ, le Fils de Dieu, est descendu du ciel pour dire une seule chose : qu'on ne soit pas des bêtes et qu'on s'aime les uns les autres. Mais on l'a attrapé et on l'a livré à la mort; on l'a tué, Zina! Ensuite ils se sont ravisés. Mais c'était trop tard! Il est ressuscité, et on a eu beau le chercher, il était plus là!»

Katia rapprocha le verre de Zinaïda, elle le but, se tut un moment et hocha la tête :

«Tu ne bois pas, eh bien, soit! Moi je vais le boire! Pour tout le monde c'est pareil Zina : les uns en ont trop, les autres en ont trop peu — de beauté, d'esprit, de biens de toutes sortes. Écoute ce qui m'est arrivé! C'était encore à l'époque où je venais d'être libérée... j'étais sortie...» Katia alla fouiller dans son sac en tissu, en sortit un autre quart et regarda Zinaïda de travers, d'un air soupçonneux, mais celle-ci était assise benoîtement, sans exprimer le moindre mécontentement ou la moindre surprise.

D'un geste habile, Katia arracha de nouveau

la capsule, se versa la moitié d'un verre et le but cul sec.

«Je venais de la banlieue, de Khimki[1], assignée à résidence. J'arrive à la maison, mais ma mère ne veut pas me domicilier chez elle[2]. Elle n'était pas vieille; une belle femme, avec des yeux et des sourcils noirs : on voyait le sang tzigane qui coulait dans ses veines. Je ne pouvais comprendre pourquoi elle ne voulait pas me faire inscrire. On ne s'était jamais particulièrement querellées. C'est après qu'on m'a raconté, Zina. Je vivais avec un type, une sorte de mari, quoi, un peu plus vieux que moi, mais enfin ça allait, rien à dire. Alors, quand on m'a emprisonnée — c'était, soit dit en passant, à cause de lui que c'était arrivé —, ma petite maman l'a entretenu. Pourtant, de la marchandise de son genre, elle en avait en veux-tu en voilà : pourquoi il lui a cédé, je ne comprends pas. Bref, ma mère ne voulait pas que je sois inscrite chez elle, et sans inscription je ne pouvais même pas obtenir de pension d'invalidité ni me caser quelque part, et puis sans cette inscription on ne me donnait pas de travail. Je n'avais plus qu'à me coucher pour mourir. Mais elle, elle ne voulait rien savoir. Et comment j'étais habillée! Une

1. Banlieue où résidaient ceux qui étaient interdits de séjour à Moscou.

2. L'inscription comme résident dans une ville était obligatoire et nécessaire pour y obtenir un travail.

douillette et des bottes déchirées. J'avais une amie qui vivait à Novo-Datchnaïa : j'y suis allée, mais elle n'était pas là, elle avait déménagé. J'arrive à la gare de Savelovski — comment ? je ne m'en souviens pas —, et je me suis traînée jusqu'à Novoslobodskaïa. J'entends les cloches sonner. Je me dis : allons à l'église. Eh quoi ! Je ne suis pas baptisée peut-être ? J'étais d'humeur à me pendre. Je suis entrée, et je suis restée là. Je n'avais même pas l'argent pour acheter un petit cierge. L'église était pleine, c'était jour de fête, je ne me rappelle plus laquelle. Je me contentais de rester là et de penser : mon Dieu, pourquoi, m'as-Tu créée en ce monde pour être si malheureuse ? Impotente, misérable, et ma mère qui me chasse, mon mec, que le diable l'emporte... Qu'elle me l'ait piqué, ma propre mère, voilà ce qui est vexant C'est ce que je pensais et j'étais de plus en plus fâchée contre Lui : qu'est-ce que Tu fais donc ? C'est juste, ça ? Pourquoi me torturer ainsi, alors que les autres, qui ne sont en rien meilleurs que moi, vivent bien comme il faut ? Si Tu me prépares, je lui dis, le Royaume de Dieu, ça ne me fait pas de peine et j'en ai besoin, même maintenant, tout de suite... Je reste là, furieuse, et je le suis de plus en plus. Et je me plains d'être une estropiée, de n'être pas belle, que Dieu ne m'ait rien donné... » Katia renifla, Zinaïda ne cessait de tordre dans ses mains son chiffon, avec l'air le plus pitoyable du monde. Katia saisit le col de la bouteille dans sa main aux doigts courts, mais elle ne se versa rien. « Soudain j'entends derrière moi du métal qui fait clic-clic. Je me retourne : il y a une vieille derrière moi qui déplie un lit de camp. Je me dis : elle est frappée celle-là... Et je ne regarde plus de son côté. Au bout d'un certain temps, j'entends de nouveau des dzing-dzing. Je me retourne, et je vois un tableau que tu ne croiras pas, Zina. Sur le lit de camp, il y a trois oreillers entassés et, le menton appuyé dessus, ce n'est pas une souris, ni une grenouille qui est couchée, mais je ne sais quel animal. Une femme, enveloppée dans une petite couverture de gosse, il en manque juste un peu pour les pieds; emmaillotée comme un bébé, toute ficelée avec des nœuds. Il n'y a que sa frimousse qui sorte d'un fichu noir, avec des yeux qui lancent des braises, exactement comme la boyarinia Morozova, tu ne connais pas, bien sûr : il y a un beau tableau comme ça du peintre Sourikov. Tu sais, Zina, ma mémoire est ainsi faite : si je vois quelque chose une fois, c'est imprimé pour toujours. Je me souviens de tout. Bon, elle était couchée, avec des yeux qui lançaient des braises, comme si elle allait me brûler. Et la vieille la prend comme une gosse, la charge sur son dos : elle avait la tête qui pendait au-dessus de son épaule, elle ne pouvait pas la retenir, elle tombait. Elle était vraiment comme une gamine de sept ans, avec sa couverture qui ne suffisait pas pour ses petits pieds qui dépassaient, enfilés dans des chaussettes de laine, tout petits, incapables de marcher, et la vieille l'a portée à confesse. Moi, Zina, je la suis, comme une chèvre sa corde. C'était comme si elle me tenait. La vieille l'apporte devant le prêtre qui lui récite de longues prières. À l'époque je ne savais rien, c'est après que j'ai su tout ce qu'il récitait et pour quelle raison. Maintenant je connais toute la messe par cœur, jusqu'au moindre mot, mais à l'époque je ne comprenais rien aux paroles de l'Église. Quand il a fini de réciter, il est allé directement vers elle et il lui a dit quelque chose. Et elle, en guise de réponse, elle a couiné comme une souris ! Ce qui s'est passé en moi alors, Zina, ça ne m'est jamais arrivé depuis : il y avait en moi une telle démangeaison dans la gorge, dans la poitrine, et même dans le cœur, que j'y aurais bien enfoncé ma main pour me gratter avec les ongles et me gratter encore : seulement, je n'en avais pas la force. Il faut le faire, quand même ! Car elle n'avait ni jambes, ni bras, ni voix humaine, comme un sac qu'on traîne... C'est à ce moment-là que quelque chose s'est brisé en moi, s'est mis à couler... Et je me suis mise à pleurer, Zina. Ah ! comme ça jaillissait. Je ne peux pas te dire à quel point j'avais pitié d'elle... » Les lèvres de Katia tremblotèrent, se contractèrent. Elle se moucha et s'essuya les yeux, puis elle continua gravement. « Ensuite, Zina, j'ai tout appris sur elle : c'était la sœur Evdokia, et la vieille femme était sa mère. Elle avait également pris la tonsure, mais elles vivaient dans le monde, bien sûr : à quoi auraient-elles servi dans un monastère ? Voilà le sort funeste qui leur avait été échu ! Mon Dieu, mais pourquoi ? Et c'est là que j'ai eu une illumination, ma petite Zina ! Parce que n'importe qui la regardant pensera : voilà un malheur pire que le mien, le pire qui puisse exister, et dans les conditions où je suis, en dépit de tout, je peux encore vivre. C'est pour des gens comme ça qu'il faut faire des vœux, pas pour soi-même. Et c'est alors que je me suis demandé, ma petite Zina, pourquoi donc le Seigneur fait venir au monde des gens comme nous, les infirmes, les monstres, les invalides ! Tu me comprends, ma petite Zina ? »

Zinaïda était assise comme transie. La bouche ouverte et le regard bigle, elle écoutait les paroles de Katia, sans les entendre, mais leur sens entrait en elle d'une façon étrange, à travers la peau, peut-être, ou bien à travers l'air.

« Ce que j'en dis, c'est à titre d'exemple, ou de consolation, je ne sais pas comment te l'expliquer, précisa Katia. Les gens sont méchants : ça les console beaucoup de voir que les autres sont encore pires. Regarde autour de toi : il y a des actrices célèbres, des beautés, on les vend dans les boutiques, toutes au milieu des fleurs et des roses, et si tu les regardes, ça te donne mal au cœur : non, non, il n'y a pas de justice. Et quand, d'un côté, il y a une actrice comme ça qui a tout, et que, de l'autre côté, il y a la sœur Evdokia sur son lit de camp... Réfléchis un peu ! Le Seigneur t'a placée là où tu es, restes-y ! Ah, c'est bien, je me suis dit ! La voilà ma place : invalide, je reste près de l'église, les gens passeront à côté de moi, chacun me regardera et dira en son for intérieur : "Merci mon Dieu que mes jambes soient saines et que je ne reste pas ici la main tendue !" Et un autre aura la conscience qui frémira : il saisira qu'il manque de reconnaissance envers Dieu pour toutes ses bonnes actions. Ne regarde pas les mendiants, Zina, ils n'ont qu'un seul souci : accumuler de l'argent. Mais le vrai miséreux, ma petite Zina, c'est l'homme de Dieu, celui qui sert le Seigneur ! Le peuple des miséreux, voilà le peuple élu ! »

Zinaïda était plongée dans un demi-sommeil. Ses yeux étaient ouverts, mais elle ne voyait pas Katia, n'entendait pas ses paroles. Elle se voyait assise par terre, les jambes fines et bronzées ; autour d'elle, il y avait une profusion de petites fleurs bleu foncé et mauves, rêches et légèrement desséchées, mais d'une luminosité extraordinaire. Les feuilles et les tiges étaient rêches aussi, elles piquaient un peu ses pieds nus, mais ces piqûres étaient joyeuses, comme les bulles dans la limonade, et elle se leva et partit carrément à travers ces fleurettes, tandis que la terre était souple et que ses pieds semblaient faits d'une matière plus dure que la terre meuble sur laquelle elle marchait...

Et Katia ne cessait de parler, de parler, mais ce qu'elle disait devenait plus doux et plus rapide, plus confus aussi :

« Et maintenant, nous Le louons. Il nous envoie des maladies, mais nous Le louons ! Il nous envoie la pauvreté, et nous Le louons ! Nous Le louons pour chaque souffle... » C'est ainsi, à mi-mot, que Katia posa la tête sur la toile cirée à carreaux. Sa grande main droite, une main d'homme, était plaquée sur la table, l'autre main se balançait et se gonflait de sang sombre.

Zinaïda ne cessait de passer à travers des fleurs rêches, et, à côté, sa maman sortit de derrière un grand rocher, avec sa tunique bleue aux épaules brodées de petites fleurs, bien que Zina fût certaine que ces petites fleurs se trouvaient sur la tunique verte, la chinoise. Maman avançait de biais tout en se rapprochant de Zina, et elle agitait la main dans sa direction, elle souriait, et elle était jeune...

Moscou, 1990.

DU MÊME AUTEUR

Aux Éditions Gallimard

LES PAUVRES PARENTS (« Folio », *n° 4172*).

SONIETCHKA. Prix Médicis Étranger 1996 (« Folio », *n° 3071*).

MÉDÉE ET SES ENFANTS.

DE JOYEUSES FUNÉRAILLES (« Folio », *n° 3489*).

UN SI BEL AMOUR et autres nouvelles (« Folio », *n° 3921*).

LE CAS DU DOCTEUR KOUKOTSKI.

LA MAISON DE LIALIA et autres nouvelles. Nouvelles extraites des *Pauvres parents* (« Folio », *n° 4045*).

SINCÈREMENT VÔTRE, CHOURIK (« Folio », *n° 4421*).

SONIETCHKA (« Folio bilingue », *n° 145*).

MENSONGES DE FEMMES (« Folio », *n° 4814*).

Aux Éditions Gallimard Jeunesse

LE MIRACLE DES CHOUX et autres histoires russes, illustré par Vladimir Lubarov.

CONTES RUSSES POUR ENFANTS, illustré par Svetlana Filippova, 2006.

COLLECTION FOLIO

Dernières parutions

4657. Paula Fox	*Personnages désespérés.*
4658. Angela Huth	*Un fils exemplaire.*
4659. Kazuo Ishiguro	*Auprès de moi toujours.*
4660. Luc Lang	*La fin des paysages.*
4661. Ian McEwan	*Samedi.*
4662. Olivier et Patrick Poivre d'Arvor	*Disparaître.*
4663. Michel Schneider	*Marilyn dernières séances.*
4664. Abbé Prévost	*Manon Lescaut.*
4665. Cicéron	*« Le bonheur dépend de l'âme seule ».* Tusculanes, *livre V.*
4666. Collectif	*Le pavillon des Parfums-Réunis.* et autres nouvelles chinoises des Ming.
4667. Thomas Day	*L'automate de Nuremberg.*
4668. Lafcadio Hearn	*Ma première journée en Orient* suivi de *Kizuki le sanctuaire le plus ancien du Japon.*
4669. Simone de Beauvoir	*La femme indépendante.*
4670. Rudyard Kipling	*Une vie gaspillée* et autres nouvelles.
4671. D. H. Lawrence	*L'épine dans la chair* et autres nouvelles.
4672. Luigi Pirandello	*Eau amère.* et autres nouvelles.
4673. Jules Verne	*Les révoltés de la Bounty* suivi de *maître Zacharius.*
4674. Anne Wiazemsky	*L'île.*
4675. Pierre Assouline	*Rosebud.*
4676. François-Marie Banier	*Les femmes du métro Pompe.*
4677. René Belletto	*Régis Mille l'éventreur.*
4678. Louis de Bernières	*Des oiseaux sans ailes.*
4679. Karen Blixen	*Le festin de Babette.*
4680. Jean Clair	*Journal atrabilaire.*
4681. Alain Finkielkraut	*Ce que peut la littérature.*

4682. Franz-Olivier Giesbert	*La souille.*
4683. Alain Jaubert	*Lumière de l'image.*
4684. Camille Laurens	*Ni toi ni moi.*
4685. Jonathan Littell	*Les Bienveillantes.*
4686. François Weyergans	*La démence du boxeur.* (à paraître)
4687. Frances Mayes	*Saveurs vagabondes.*
4688. Claude Arnaud	*Babel 1990.*
4689. Philippe Claudel	*Chronique monégasque* et autres textes.
4690. Alain Rey	*Les mots de saison.*
4691. Thierry Taittinger	*Un enfant du rock.*
4692. Anton Tchékhov	*Récit d'un inconnu* et autres nouvelles.
4693. Marc Dugain	*Une exécution ordinaire.*
4694. Antoine Audouard	*Un pont d'oiseaux.*
4695. Gérard de Cortanze	*Laura.*
4696. Philippe Delerm	*Dickens, barbe à papa.*
4697. Anonyme	*Le Coran.*
4698. Marguerite Duras	*Cahiers de la guerre* et autres textes.
4699. Nicole Krauss	*L'histoire de l'amour.*
4700. Richard Millet	*Dévorations.*
4701. Amos Oz	*Soudain dans la forêt profonde.*
4702. Boualem Sansal	*Poste restante : Alger.*
4703. Bernhard Schlink	*Le retour.*
4704. Christine Angot	*Rendez-vous.*
4705. Éric Faye	*Le syndicat des pauvres types.*
4706. Jérôme Garcin	*Les sœurs de Prague.*
4707. Denis Diderot	*Salons.*
4708. Isabelle de Charrière	*Sir Walter Finch et son fils William.*
4709. Madame d'Aulnoy	*La Princesse Belle Étoile et le prince Chéri.*
4710. Isabelle Eberhardt	*Amours nomades.*
4711. Flora Tristan	*Promenades dans Londres.* (extraits)
4712. Mario Vargas Llosa	*Tours et détours de la vilaine fille.*
4713. Camille Laurens	*Philippe.*
4714. John Cheever	*The Wapshot.*

4715. Paule Constant	*La bête à chagrin.*
4716. Erri De Luca	*Pas ici, pas maintenant.*
4717. Éric Fottorino	*Nordeste.*
4718. Pierre Guyotat	*Ashby* suivi de *Sur un cheval.*
4719. Régis Jauffret	*Microfictions.*
4720. Javier Marías	*Un cœur si blanc.*
4721. Irène Némirovsky	*Chaleur du sang.*
4722. Anne Wiazemsky	*Jeune fille.*
4723. Julie Wolkenstein	*Happy End.*
4724. Lian Hearn	*Le vol du héron. Le Clan des Otori, IV.*
4725. Madame d'Aulnoy	*Contes de fées.*
4726. Collectif	*Mai 68, Le Débat.*
4727. Antoine Bello	*Les falsificateurs.*
4728. Jeanne Benameur	*Présent ?*
4729. Olivier Cadiot	*Retour définitif et durable de l'être aimé.*
4730. Arnaud Cathrine	*La disparition de Richard Taylor.*
4731. Maryse Condé	*Victoire, les saveurs et les mots.*
4732. Penelope Fitzgerald	*L'affaire Lolita.*
4733. Jean-Paul Kauffmann	*La maison du retour.*
4734. Dominique Mainard	*Le ciel des chevaux.*
4735. Marie Ndiaye	*Mon cœur à l'étroit.*
4736. Jean-Christophe Rufin	*Le parfum d'Adam.*
4737. Joseph Conrad	*Le retour.*
4738. Roald Dahl	*Le chien de Claude.*
4739. Fédor Dostoïevski	*La femme d'un autre et le mari sous le lit.*
4740. Ernest Hemingway	*La capitale du monde* suivi de *l'heure triomphale de François Macomber.*
4741. H.P Lovecraft	*Celui qui chuchotait dans les ténèbres.*
4742. Gérard de Nerval	*Pandora* et autres nouvelles.
4743. Juan Carlos Onetti	*À une tombe anonyme.*
4744. R.L. Stevenson	*La Chaussée des Merry Men.*
4745. H.D. Thoreau	*« Je vivais seul, dans les bois ».*
4746. Michel Tournier	*L'aire du Muguet,* suivi de *La jeune fille et la mort.*

Composition et impression CPI Bussière
à Saint-Amand (Cher), le 4 novembre 2008.
Dépôt légal : novembre 2008.
1er dépôt légal dans la collection : février 2005.
Numéro d'imprimeur : 083406/1.
ISBN 978-2-07-030704-3./Imprimé en France.

164838